ベリーズ文庫

余命1年半。かりそめ花嫁はじめます
～初恋の天才外科医に救われて世界一の愛され妻になるまで～

葉月りゅう

STARTS
スターツ出版株式会社

目次

余命1年半。かりそめ花嫁はじめます
～初恋の天才外科医に救われて世界一の愛され妻になるまで～

特別書き下ろし番外編

余命１年半。かりそめ花嫁はじめます
～初恋の天才外科医に救われて世界一の愛され妻になるまで～

偽装婚約を始めるまで、あと0日

あなたと出会ったのは、私がまだ制服を着ている頃だった。

普段はとても穏やかで優しく、無頓着でちょっぴり抜けた部分がある可愛《かわい》い人。でも白衣を着ると途端に凛々《りり》しくなって、すべて委《ゆだ》ねられるくらい頼もしいお医者様になる。

あなたには何度も救われて、数えきれないほどの幸せをもらった。

そのかけがえのない思い出を、いつまでも覚えていたいからここに記しておこうと思う。

あの頃から今もずっと、私はあなたのことが大好きです。

＊＊＊

七月中旬の朝、寝起きの頭が冴《さ》えてきてから、少しだけ悩みつつスマホでメッセージを打つ。

【スルーしちゃっててごめん。まさかのインフルエンザだった。しっかり休んだからもう大丈夫】

三人の友人たちとのグループトークにそれをぽんと送信し、ベッドから出た。数日間メッセージもまともに返せていなかったから、三人は不思議に思っていただろう。

数分のうちに、彼らから返事が届く。

【マジか！　まあ、今は夏でもかかるからなー】

【天乃《あまの》がインフルになるなんて初めてじゃない？　元気になったならよかった】

最初に返してきたのは五歳年上の男友達の慎《しん》ちゃんこと慎太《しんた》、次に高校時代からの親友である秋奈《あきな》が続いた。

ふたりとも反応が早いな。まだ七時前なのに。心配してくれているふたりの顔が浮かんで、ふっと笑みをこぼして【ありがと】と返した。

もうひとりのメンバーは、秋奈の兄である芹澤夏生《せりざわなつき》だ。夏くんはすでに仕事中かもしれないし、休みだとしたらまだ寝ているだろう。

私たち四人の付き合いは約九年になる。高校二年の時に秋奈の家に遊びに行ったのがきっかけで、当時大学四年生だった夏くんとまず知り合いになった。

夏くんの同級生である慎ちゃんもちょくちょく家に遊びに来ていて、いつの間にか四人でつるむことが多くなり今に至る。社会人になった今も変わらず繋《つな》がっていられる存在は、なにげに貴重だと思う。

オフィスカジュアルなパンツスタイルに着替えながら少しだけ思案し、もう一度メッセージを送信する。

【でも嫌な夢見てなかなか寝れなくて、顔がひどいことになってる】

これは、瞼《まぶた》が腫《は》れたりクマができたりしているのをごまかすための嘘《うそ》だ。慎ちゃんは私と同じ会社で働いている先輩でもあって、この後顔を合わせることになるから。

私がこんな顔になっているのは、寝不足のせいなのは本当だが、原因は悪夢を見たからではない。まさに夢であってほしいと思うくらいの出来事が起こって、それについてずっと考えていたからだ。

でもメッセージで送った通り、もう大丈夫。私は立ち直りが早いほうなのだ。

気休めのマッサージのつもりで目の周りを軽く押していた時、スマホからピコンと音がした。トーク画面には、鼻が長くて、白いパンツを穿《は》いたような模様をした黒い動物のスタンプが、プレゼントとして送られてきている。

これを送ったのは夏くんだ。この時間に反応があるとは思わなかったので、ちょっとびっくりする。

「これ……バク？」

ゆるキャラっぽい可愛さがあるスタンプを見て首をかしげていると、夏くんから今度はメッセージが届いた。

【天乃にあげる。バクは悪夢を食べてくれるらしいから】

彼の粋《いき》な計らいに、胸がほんわかした。

夏くんはこういう人なのだ。普段はのほほんとしているけれど、よく気がついて、さりげなく気遣ってくれたり、的確なひと言をくれたりするとても優しい人。外見も内面も、私にとっては世界一素敵な男性だ。

それにしても……。

「なんでバクのスタンプ持ってるのよ」

【なんでバクのスタンプ持ってんだよ！】

私がひとりごつと同時に慎ちゃんがまったく同じツッコミをするものだから、つい声を出して笑ってしまった。

どうやら【バクって検索したら出てきた】らしく、わざわざダウンロードしたのかと思うとまたほっこりした。プライベートの夏くんは、どこか脱力系っぽい緩さを感じさせる。

しかし、彼から続けて真剣なメッセージが届く。

【悪夢ばっかり見るようなら、精神的な問題かもしれないから一度ウチにおいで】

こうやって気にかけてくれるのは、さすがお医者様という感じだ。夏くんは白藍《しろあい》総合病院で働く、とても優秀な脳神経外科医なのである。〝ウチ〟というのも病院のことなのだが、ここはあえて茶化してみよう。

【わかった。なにかあったら夏くんの家に行くね】

【それでも可】

テンポよく返ってくるので、おかしくてふふっと笑った。

こんなどうでもいいやり取りでも、バクのスタンプを送ってもらえただけでも嬉しくなる。チョロいけれど仕方ないのだ。私は長年彼に片想いしているのだから。

癒《い》やされつつ【ありがとう。バクが来てくれたから大丈夫】と返し、ゆっくりしていられないので一旦トークをやめる。

カーテンを開けると清々《すがすが》しい夏空が広がっていた。

昨日、梅雨《つゆ》が明けたらしい。青空に浮かぶアイスクリームのような真っ白な雲、道端に咲く色とりどりの百合やタチアオイ……原色が多くなってきた夏の始まりの風景を見ると元気が湧いてくる。

なんだか生まれ変わった気分だ。ここ数日は悪夢を見続けていたような日々だったけれど、いつまでも落ち込んではいられない。

――今日から始めると決めたのだから。私の、第二の人生を。

清華《きよはな》家の長女である私は、二十六歳の現在も実家暮らしをしている。自営業で車の板金塗装の仕事をしている父とその事務仕事を手伝う母、大学四年生の弟というごくごく一般的な四人家族だ。

私たち家族は仲がいいほうだと思う。両親は愛し合っているのがわかるし、私も弟も大きな反抗期はなかったし、和やかな空気に包まれているわが家は居心地がいい。

朝、リビングに下りると母がすでに朝食を用意してくれていて、新聞を読んでいる父と一緒に食べる。

私は家庭的なタイプではないが、母が忙しい時は料理をするし、ひと通りの家事はできる。

私たちがリビングに集まっている間、弟はまだベッドの中だろう。大学生っていいご身分だなと呆《あき》れるも、車が好きな彼は将来家業を継ぐ気でいるので、そこは頼もしく思っている。

私は申し訳ないけれど板金屋の仕事をする気にならず、普通のＯＬとして一般企業に就職した。家族からも周りの人たちからも、天真爛漫《てんしんらんまん》でわが道を行く子だと言われる通り、これまで自分の好きなことを自由にやらせてもらって感謝している。

朝食を食べたらメイクをして、ふわっとカールしたセミロングの髪を整える。童顔で平凡な顔立ちだけれど、特に盛ったりせずナチュラルメイクを心がけて。このルーティンを終え、家を出て、朝日と外の空気に触れる瞬間が、なにげに好きだ。

横浜《よこはま》駅から徒歩十五分の場所に、全国各地に支店を持つ食品会社『ヨージョー食品』の二十四階建ての本社ビルがある。

ヨージョー食品の社名は〝養生〟からきており、健康的な加工食品を作ることをモットーにしている。例えば無添加や減塩のレトルト食品、赤ちゃんにも安心な離乳食、ヨーグルトや冷凍野菜などなど、身体にいいものを提供しようと日々開発や製造に勤しんでいるのだ。

私が勤めているのは、その本社ビルの十五階にあるメディカル事業部という部署。ここでは病院や福祉施設で主に使用する、栄養補助食品や流動食などを扱っている。

営業事務をしている私は、資料作成や電話対応などの事務仕事だけでなく、外回りの営業スタッフに同行することもある。外回りは強制ではないものの、私はお客様に商品を紹介するのも好きなので、わりと楽しんでついていく。

今日は白藍総合病院のスタッフとの打ち合わせがあるので、いつにも増してやる気だ。運がよければ、夏くんにひと目会えるかもしれないから。

そんなよこしまな思いも含めつつ出社した私は、皆に挨拶しながら部長のデスクに向かう。急に五日も休んでしまったお詫《わ》びをしなければ。

丸顔で細い黒フレームのメガネをかけた五十六歳の部長は、私に気づいてパソコンから目線を上げた。

「おはようございます。急きょお休みをいただき、ご迷惑をおかけしてすみませんでした」

頭を下げて体勢を戻すと、彼は神妙な瞳でこちらを見つめていた。ひと呼吸間を置いて、やや憂《うれ》いを帯びた笑みを浮かべる。

「おはよう、清華さん。具合は大丈夫かい？」

「今日はばっちりです！」

「そうか、よかった」

にこっと笑みを浮かべてみせると、部長の表情も少し安堵《あんど》したようにほころんだ。

厳しい時も多いけれど、実は部下思いな彼。休まなければいけなくなったと連絡した時も私をすごく心配してくれて、いい上司に恵まれてよかったとつくづく感じた。

感謝したいことはそれだけではない。私は表情を引きしめ、しっかりと頭を下げる。

「部長、こちらの頼みをきいてくださって、本当にありがとうございます」

休んでいる最中、私は部長にあるお願いをしていた。会社に迷惑をかける可能性がなきにしもあらずなお願いだったので、承諾してくれた彼には頭が上がらない。

部長もメガネの奥の瞳を真剣なものにして、私をまっすぐ捉える。

「清華さんの希望になるべく沿えるようにしたいと思ってるから。……とにかく、無理だけはするなよ」

「はい。ありがとうございます」

もう一度頭を下げて自分のデスクに戻る。しばし私を案じるような彼の視線を感じていたものの、別の社員がやってきて部長もいつもの調子で話し始めた。

さっそくメールのチェックを始めようとすると、慎ちゃんがとっても爽やかに出社してきて皆と挨拶を交わしている。

さっぱりと清潔感のある短髪に、小型犬のような愛嬌《あいきょう》のある顔立ちの彼は、スーツ姿がさらにイケメン度を上げている。陽キャで人懐っこく、仕事もできる営業部のエースなので、女性社員から人気なのを本人も自覚している……と思う。

入社する前から慎ちゃんと仲がよかった私は、職場でも普通に友達のテンションで話してしまうけれど、彼は皆に対して気さくなので、変に嫉妬されることもなく人間関係も問題ない。

そんな彼は、私のデスクにやってきてひょいっと片手を上げる。

「よっ、天乃。……あー、確かにむくんでるな」

「そんなに見られると余計にむくむ」

まじまじと見てくるのでファイルで顔を隠すと、慎ちゃんは「なんだそりゃ」といたずらっ子のように笑った。そして、さっそく今日の業務について切り出す。

「今日の白藍への営業、天乃はどうする？　休み明けだし、仕事溜《た》まってるならそっち優先してくれていいけど」

「もちろん行きます！」

私は即座にそう答えた。慎ちゃんが病み上がりの私を気遣ってくれているのはわかるけれど、夏くんに会えるチャンスはどんなに小さくても逃したくない。

一瞬目をぱちくりさせた彼は、すぐに私の目論《もくろ》みを察してにやりと口角を上げる。

「だよなー。愛《いと》しの夏クンがいるんだから」

慎ちゃんも秋奈も、ずっと前から私の想いを知っている。気づいていないのは夏くん本人だけだ。

彼は、脳外科医としては他院のドクターも賞賛するほど優秀なのだが、恋愛に関してはめっぽう鈍感なのである。そして、三十一歳の現在もまったく結婚を考えていないらしい。

〝外科医は多忙で恋愛は二の次になってしまうから、相手を悲しませるだけ〟というのが彼の考え。だからきっと、私なんて眼中にもないだろうと思うと、友人の関係から一歩踏み出すことができずにいた。

でも、それはつい数日前までの私。今は意識が百八十度変わっている。

「慎ちゃん」と呼び、にやにやしたままその場を去ろうとしていた彼を引き留めた。こちらを振り向く彼をきりりと見上げ、自分自身に誓うように宣言する。

「私、もう遠慮しない」

「おっ？」

「夏くんの考えがどうだろうと、私は自分の気持ちに正直になる」

「おぉ⁉」

私の決意を聞いた慎ちゃんは、すかさず私のそばに戻ってきて興奮と声をなんとか抑えて話しだす。

「やっとアプローチする気になったか！　いつ進展すんのかな〜ってずっとそわそわしてたんだよ。かれこれ八年ぐらい」

「長っ！」

「あながち間違いじゃないぞ。だってお前、高校生の頃から好きだっただろ。夏生のこと」

　図星を指され、ぽっと頬が熱くなる。

　夏くんに恋をしたと自覚したのは、私が高校三年の頃。学生の頃から余裕があって大人っぽく、頭も性格も顔もいい彼はモテないわけがなく、たくさんの女子に言い寄られていた。

　私もダメ元で告白しようかと真剣に悩んだものの、当時夏くんは研修医として目が回るほど忙しい日々を過ごしていて、彼の状況を考えたら告白なんて到底できそうになかった。一人前の外科医になってからも、恋愛する気はないと言いきられてしまったら……以下同文。

　そんな調子で、いつの間にか私も片想い歴八年になるらしい。なぜか恋愛にだけ消極的な自分には終止符を打たないと。

　慎ちゃんは含みのある笑みを浮かべ、「頑張れよ」と軽く肩を叩いて自分のデスクに戻っていく。励まされると同時に決意を新たにして、うんと頷いた。その決意はたぶん、慎ちゃんが思っているものとは違うけれど。

私の望みは、今日から一カ月の間にできるだけたくさん夏くんに会って、たくさん話して、目と心に彼を焼きつけること。一カ月後、彼から離れる時に幸せな思い出でいっぱいになっていられるように。

午後二時、私は慎ちゃんと予定通り白藍総合病院に足を運んだ。

施設はオフホワイトとブラウンの外壁が落ち着いた印象で、院内も明るくデザイン性が高い設計でとても綺麗《きれい》。最先端の医療機器を導入しており、難易度の高い手術をこなす有能なドクターも多数在籍している有名な病院だ。

ここではすでにヨージョー食品の商品を使ってくれている。今回提案させてもらうのは、食事をしづらい患者さんのための流動食やミキサー食の新商品。栄養管理部の事務室の中で、数名の栄養士の方々にその説明をした。

彼らの質問に対してもそつなく答える慎ちゃんは、相手に安心感を与えているのがわかる。さすが営業部のエースだと尊敬しつつ、彼がある程度話し終わったところで、今度は私が別の商品を紹介する。

「それと、個人的にとってもオススメしたい新商品があるんです」

「あら、清華さんのオススメ？　気になるじゃない」

メガネをかけた、ちょっぴりふくよかな女性の管理栄養士さんが身を乗り出してきた。彼女は私のことも気に入ってくれているようで、紹介した商品を結構使ってくれるのだ。

今回も自信を持って、ジュースが入っているような長方形の紙パックをテーブルに置く。

「こちら、豆腐を超えたスペシャル豆腐です！」

どーんと登場させると、隣で慎ちゃんが「お前、もうちょっと言い方が……」と苦笑交じりに呟《つぶや》いた。

これは豆腐を再現した栄養補助食品だ。紙パックを切って取り出すもので、見た目は白いプリンのようだが。

興味深げにまじまじとそれを見つめる皆さんに、自分の一押しポイントを笑顔で説明していく。

「普通の豆腐よりも栄養価が高く、温めても崩れにくいので加熱調理しやすいのが特徴なんです。もちろんそのままでも提供できます。しっかり大豆の甘みやコクを感じられて、本当に美味《おい》しいんですよ」

「こちら、サンプルですのでぜひお試しください」

慎ちゃんは営業スマイルを浮かべ、私が置いたパックを手で指し示した。栄養士さんたちにもなかなか好感触のようで、ふむふむと頷いている。

「へ〜いいわねぇ。しかもこれ、常温保存できるの？」

「そうなんです！　普通の豆腐と違って冷蔵庫に入れる必要もありませんし、災害時の備蓄食品としても活用できます。最高に便利じゃありませんか⁉」

「超便利〜！」

メガネの管理栄養士さんがめちゃくちゃノリがよく、ハイタッチしそうな勢いで盛り上がる。

栄養士さんは商品の栄養価だけじゃなく、食材の発注から調理に至るまでの利点も重視するので、提案してよかったなと充実感を抱いた。

いい気分で営業を終え、目では夏くんの姿を探しながら病院の中を歩いていると、慎ちゃんが苦笑しながら言う。

「天乃のほうが外回り向いてるかもしんねーなぁ。皆食いついてたし」

「ほんと？　エースの座奪えるかな……」

「マジやめて」

真剣に止めてくる彼に、私はぷっと噴き出した。

エースの座を奪うだなんて、もちろん冗談だ。私の場合、白藍の栄養士さんとの相性がいいだけで、慎ちゃんのようにどの相手の心も掴《つか》んで動かす力なんてないから。

「嘘。奪う気なんかないよ。私は自分がいいって感じたものを薦めることしかできないもん」

「それだって、商品をちゃんと理解してなきゃできねぇよ。お前のそういう努力を買ってんの」

優秀な先輩である慎ちゃんからの言葉は素直に嬉しい。商品の情報を頭に入れるのは、営業のサポートやお客様の電話対応をするに当たって必要な基本的なことだけれど、だからこそ褒めてもらえることは少ないから。

ほくほくした気分で歩いていた時、白衣を着た背の高い男性が中庭のほうへ向かっていく姿が視界に入り、「あ」と声を漏らした。

毛の流れが少しうねったアンニュイな髪に、ちらりと見えた目鼻立ちが整った顔。

あれは間違いなく夏くんだ。まさか本当に会えるとは。

同じく気づいた慎ちゃんが足を止め、コンビニのビニール袋を片手に歩いていく彼を目で追って言う。

「夏生、休憩中じゃね？　めっちゃタイミングいいじゃん」

「ほんと、今日ツイてる！　いつ見ても白衣姿カッコいい……」

「はいはい」

目をとろけさせて堂々と惚《ほう》ける私に、彼は呆れた笑いをこぼした。そして、私の肩にぽんと手を置く。

「じゃ、俺先戻ってるわ」

「えっ？　いや、私も……！」

ひとりで帰ろうとするのでついていこうとしたものの、慎ちゃんはこちらに手のひらを向けて阻止する。

「もう遠慮しないんだろ？　予定より早く終わったし、時間は有意義に使えよ。早めの休憩も兼ねてさ」

意味ありげに口角を上げる彼に、はっとさせられた。

そうだ、このまま帰ったらなにも変わらない。顔を見られただけで満足していないで、ちょっとでも話をしよう。私には時間がないのだから。

気合いを入れ直し「ありがと、慎ちゃん」と笑みを返して、私たちは別々の方向へ歩き出した。

夏くんを追ってむわっとした暑さの中庭に出ると、円形の花壇を囲んだサークルベンチに、彼は足を組んで座っていた。ビニール袋からおにぎりを取り出しているので、やはり休憩中らしい。

屋根がついているとはいえ、暑いことに変わりはない。こんな時によく外へ出る気になるな……。夏くんはその名前の通り夏生まれだから、この季節が好きなのは知っているけれど。

でも逆に、人はあまりいないし今なら話せそうだ。胸を弾ませて近づいていく。

「なつ――」

「芹澤先生！」

声をかけようとした瞬間、反対方向からやってきた小柄でものすごく可愛い女性も夏くんを呼んだ。わずかな差で彼女のほうが早く、私は口をつぐんで足を止める。

歳は私と同じくらいか少し下だろうか。ふわふわの長い髪にフェミニンな服装の彼女は、あからさまに嬉しそうな様子で夏くんの隣に腰を下ろす。まるで大好きな主人に飛びつく子犬みたいに。

行き場を失った私は、咄嗟《とっさ》にふたりの後方に座ってしまった。花壇には背の高いグラジオラスが植えられているので、ふたりからは見えにくいだろう。

ああ、せっかく話せるチャンスだったのに……！　うなだれる私の耳にふたりの声が届く。

「東雲《しののめ》さん、お疲れ様」

「お疲れ様です。先生、こんなに暑いのによく外にいられますね」

「んー、梅雨も明けたし清々しいから。夏、好きなんだ」

当たり障りのない会話をしているけれど、彼女もこの病院で働いている人なんだろうか。東雲っていう苗字もどこかで聞いた気がするし。

夏くんともたくさん会っているのかもしれない。羨《うらや》みと嫉妬がむくむく膨らんでくるのを感じていると、東雲さんがなにやらかしこまった調子で話しだす。

「あの、先生。この間は父があんな話をしてすみませんでした。困らせちゃいましたよね……突然『娘と結婚してほしい』だなんて」

「けっ——!?」

ショッキングな内容に思わず声をあげてしまい、慌てて口を押さえた。

じっとしていると、「セミか？」という夏くんの呑気《のんき》な声が聞こえてきて、ひとまず胸を撫《な》で下ろした。なんとかバレていないみたい。

待って待って……夏くんに結婚の話が出ていたの？　彼女のお父様が持ちかけたみたいだけれど、彼らと夏くんはどういう関係なのだろう。

気になりすぎて、私はそのままの状態で耳をそばだてる。

「俺は気にしてないよ。院長も君を思ってのことなんだろうし」

それを聞いてはっとした。

そうだ、東雲ってこの病院の院長の苗字だった！　彼女は院長の娘さんで、夏くんと政略結婚をさせられそうになっているってこと⁉　そうなったら私の出る幕はないかもしれない。

さっきから衝撃的なことばかりで胸をざわめかせていると、東雲さんが重い口調で確認する。

「……本当に、結婚する気はないんですか？」

「ああ。本当」

夏くんは迷いなく答えた。

どうやら彼は結婚話を断ったらしい。それについてはほっとするも、やっぱり独身主義なのは変わらないようで複雑な気分になる。きっと、恋愛をする気もないのだろうから。

ところが、東雲さんは真剣に食い下がる。

「もう一度、考え直していただけませんか？　私と結婚すれば、いずれ院長の座はあなたのものになります。もちろん、芹澤先生の腕を見込んでの話です。先生のような優秀な医師に、父はこの病院の未来を託したいんですよ」

予想通り、ふたりの結婚話には政略的な思惑も絡んでいるようだ。院長が腕を見込んでいるなんて、夏くんの能力のすごさを改めて感じる。

しかし東雲さん自身は、夏くんを次期院長にしたくて結婚を望んでいるわけではない気がする。たぶん、彼女も私と同じなんじゃないだろうか。彼女の声がとても切実そうだから。

「申し訳ないけど、俺は院長職には興味ない。それは院長にも伝えたよ」

「あなたのメリットはそれだけじゃありません！　私は脳外科医の仕事にも理解がありますし、多忙で家庭のことがおろそかになってしまったとしても文句は言いません。完璧な妻になってみせますから」

宥《なだ》めるような口調で断る夏くんに、東雲さんは必死にそう訴えた。〝彼の妻になりたい〟という思いがひしひしと伝わってくる。

花の陰からそっとふたりの様子を窺《うかが》ってみると、どこか冷めた表情の夏くんの横顔が視界に入る。

「俺は、君と結婚してもたぶん家に帰らない」

穏やかな声音とは裏腹に冷徹な言葉が放たれ、私は息を呑《の》んだ。〝家に帰らない〟だなんて宣言されたら、さすがにめげてしまうかも。

まるで自分に言われたかのごとく感じて軽くショックを受けるも、東雲さんは覚悟を決めているような力強い表情をしている。

「……構いません。好きなんです。先生のことが」

まっすぐな告白が聞こえてきて、私の心臓がドクンと揺れた。

やっぱり、東雲さんも夏くんに恋をしているのだ。ちょっとやそっとじゃ折れない、とても強い気持ちで。

彼女の想いは夏くんの頑《かたく》なな考えすらも変えるかもしれない。なのに、私はこのまま黙って見ているだけでいいの？

私だって諦めたくない。どんなにカッコ悪くても、なにもしないで後悔するのだけは嫌だ。せめてあと一カ月だけでも、彼が他の誰かのものになるのは阻止したい。

ついさっき慎ちゃんに言われた『もう遠慮しないんだろ？』というひと言も思い出し、意を決してぐっと拳《こぶし》を握る。

「いつかきっと、あなたを振り向かせてみせます。だから私と――」

「あっ、あの……ちょっと待ってください！」

弾かれたように立ち上がり、思い切って声をあげた。彼らのほうへ回ると、夏くんもキョトンとして私を見上げる。

「……天乃？」

目を丸くする彼の隣で、小動物のような可愛さの東雲さんが驚いて肩をすくめている。どさくさに紛れて夏くんの白衣を掴んでいるので、思わずガン見してしまった。

「え、ど、どちら様ですか……!?」

「私、夏く……芹澤先生の友人の清華です。すみません、おふたりの話を盗み聞きしてしまいました」

正直に白状し、めちゃくちゃ怪訝《けげん》そうにしている東雲さんにとりあえず名刺を渡した。暑さと緊張で汗が滲《にじ》むのを感じつつ、難しい顔をして彼女にずいっと迫る。

「東雲さん、先生のお嫁さんになるのは想像以上に大変だと思いますよ」

「えっ？」

突然ストップをかけられた彼女は、すっとんきょうな声を響かせた。さすがの夏くんも目をぱちくりさせている。

見ず知らずの女に邪魔されるなんて、意味がわからないし、さぞ腹が立つだろう。でも、なんとしても結婚を阻止したい私はなりふり構っていられない。

こうなったら苦肉の策だ。夏くんと結婚するデメリットを示しておこう。

「芹澤先生は、仕事の時はめちゃくちゃ敏腕だと思いますけど、プライベートはそうでもないんですよ。料理はカレーすらまともに作れないし、家事能力はないに等しいですから」

これは事実。夏くんは家に帰った途端、完璧なドクターの仮面が剥《は》がれて干物男と化してしまうのだ。

清潔感がないわけではなく、人として最低限の生活はできているのだが、とにかく適当。食事は食べられればなんでもいいという感じだし、時間があればとにかく寝る。完全にオフの日は家でお酒を飲むのがなによりの楽しみらしい。

夏くんがまだ実家暮らしだった頃に知り合った私は、最初にこの干物っぷりを見ていたので、男の人ってこんな感じか……くらいにしか思っていなかった。その後に白衣を着て凛然《りんぜん》と働く姿を見て、逆にカッコよさが爆上がりしたのである。

ちなみにファッションにも無頓着で、ちゃんと出かける時も夏くんはTシャツにテーパードパンツ、といったシンプルな格好がお決まり。それでも様になっているのは外見のよさの賜物《たまもの》だろう。

つまり、母性本能をくすぐるタイプではあるけれど、彼のお世話はなにげに大変なのだ。奥さんになる人はそれ相応の覚悟が必要だと思う。

しかし、当の本人は不満げに口を尖《とが》らせている。

「確かに料理はできないけど、掃除と洗濯はしてるだろ」

「掃除はロボットに任せっきりだし、洗濯はニットを普通に洗濯機で洗って子供服か！ってくらい縮めちゃってたじゃない」

「あー。あれは笑った」

ははは、と思い出し笑いする彼につられて、私も噴き出しそうになる。縮んだニットを『着れば戻る？』と言って、袖を通そうとしていた姿が蘇《よみがえ》ってくるものだから。

笑いを堪《こら》えていると、東雲さんが「あ、あの！」と割り込んでくる。怯《おび》えた子犬のように眉尻を下げて潤んだ瞳で見てくる彼女は、まさに守ってあげたくなる女性という感じで、女の私もドキッとするくらいだ。

「清華さんは、先生とすごく仲がいいんですね。これがマウントというものですか……」

「いっ、いやいや！　決してそんなことは！」

嫌みではなく、ただ思ったことを純粋に口にしたような調子で言われ、私は慌てて手と首を横に振った。しかし、東雲さんは耳に入っていない様子で「なるほど、これが噂《うわさ》の……」と呟いている。

なんとなくあざとい系女子かなと推察していたけれど、この子は天然なのかもしれない。だとしたら、特に可愛げがあるわけでもない私なんて敵わないのでは？

ここまでしておいて弱気になり始めていた時、東雲さんがぱっと私を見上げた。その瞳には肉食獣を精一杯威嚇《いかく》するような力強さが宿っていて、どんな言葉がくるだろうかと身構える。

「私は、清華さんほど先生については知りません。でも、それは大きな問題じゃないと思うんです。先生の家事能力が低いとしても同じです。私は世話を焼くのも好きですし、それに──」

「待って、東雲さん」

頑張って反論してくる彼女を夏くんが遮り、おもむろに腰を上げた。百八十センチ近くある長身の彼は私の隣に立ち、真摯《しんし》な笑みを浮かべて東雲さんと向き合う。

「好意を持ってくれてるのは嬉しいよ。ありがとう。でも、俺の気持ちは変わらないんだ。君の想いには応えられない」

今一度彼が告白を断った次の瞬間、私は大きな手に肩を抱き寄せられて目を見開く。

「俺、この子と結婚するから」

——一瞬、耳を疑った。すぐには理解が追いつかず、言葉も出てこなくて、あたりにセミの鳴き声だけが響く。

この子って……私？　私と、結婚するって言った⁉

「「えぇぇ⁉」」

私はギョッとして身を縮め、東雲さんは思わず立ち上がって同時に叫んだ。彼女は平然と微笑《ほほえ》んでいる夏くんに詰め寄る。

「待ってください先生、さっき結婚する気はないって……！」

「ああ、する気はない。天乃以外とはね」

肩を抱く手に少し力が込められ、心臓が大きく飛び跳ねた。

こ、これはどういうこと⁉　夏くんが本当にそんな風に思っているとは考えられないし、もしや……デタラメを言って東雲さんを出し抜こうとしている？

ああ、きっとそうだ。私が横槍を入れたから、ここぞとばかりに乗っかったに違いない。そう納得はできるけれど……。

「一緒にいて一番楽しくて、心が安らぐ特別な人なんだよ。天乃が家で待っていてくれるなら、忙しくてもどうにかして帰りたいって思う」

甘い声音と瞳に捉えられ、みるみる頬が熱くなって心拍数は上がるばかり。

さっきは『君と結婚してもたぶん家に帰らない』なんて言っていたのに。今の言葉がでまかせだとわかっていても、好きな人に言われたら嬉しくなってしまう。

ドキドキしまくって俯《うつむ》いていると、東雲さんがわなわなと震える手を口元へ持っていくのに気づいた。

「じゃあ、私には可能性は一ミリもないということですか……？」

「俺は最初からずっと断っているはずだよ。あなたは本気にしていなかったようだけどね。思い込むとまっすぐ突っ走ってしまうところがあるみたいだから、気をつけたほうがいい」

冷静に諭す夏くんは、完全に塩対応。あきらかにショックを受けた様子の東雲さんが、恨めしそうに言う。

「……だって、先生に女の影なんてなかったじゃないですか。自分にも可能性があるって、信じていたかったんです」

じわっと涙を浮かべ、ぽつりと呟く彼女の気持ちもよくわかる。罪悪感を抱いていると、彼女は力なくうなだれて「先生って案外説教臭いんですね……さようなら」と涙声で告げた。

肩を落としたままこちらを見ずに足早に去っていく東雲さんを、なんとも言えない面持ちで見送る私たち。

「説教臭いって言われた」

「たぶん天然なんだよ、東雲さん……」

「まあ、これで諦めてくれればいいけど。俺は本当のことを言ったまでだし」

夏くんはへらりとした調子でそう言った。私と結婚するとかいうくだりは全部デタラメのくせに、と口の端を引きつらせていると、彼は肩を抱いたまま私の顔を覗《のぞ》き込んでくる。

「で、天乃はなんでこんなところにいたんだ？　仕事？」

「あ、そ、そう。営業が終わったとこで、夏くんがいるのが見えたから話しかけようとしたんだけど、彼女に先を越されて」

近い、ご尊顔が近い！と心の中で叫びつつ答えた。

「なるほどね」と頷いた彼は、引き気味になっている私を観察するかのごとくじっと見つめ、ふわりと口元を緩める。

「『顔がひどいことになってる』って言ってたけど、大丈夫そうだな。いつもの可愛い顔に戻ってるよ」

さらっと〝可愛い〟と言われ、胸がキュンッと鳴った。夏くんは無自覚に甘くなるから困る。

そういえば寝不足顔のことをすっかり忘れていたけれど、午後になってだいぶマシになったみたいでよかった。こんなに接近されるとは予想していなかったし……。というか、いつまでこうしているつもりなんだろう。

「えっと、夏くん、そろそろ……」

「ああ悪い、暑いよな。中入ろう」

ようやく肩から手を離した彼は、ビニール袋を持って院内に向かって歩き出す。本当に、いろんな意味で暑いし汗がダラダラだ。

とりあえず後に続き、ひんやりと涼しくて快適な院内に入る。

ここは総合受付の反対側に位置していて、診療科もない廊下なので人はいない。

明るく清潔感のある廊下をゆっくり歩きながら、夏くんは私を見下ろして口角を上げる。

「天乃のおかげで助かったよ。俺が困ってるのに気づいて阻止してくれたんだろ。天乃は本当に面白いことをするよな」

思い出し笑いをしつつ言われ、汗が引いていくと共に浮かれた気持ちも落ち着いてくる。

私は夏くんの結婚が嫌で咄嗟に割って入っただけで、彼を助けるためなんて気の利いた理由ではない。でも、完全に勘違いしている彼に今さら本当のことは言えず、ひとまず話を合わせておく。

「いいアシストだったでしょう。東雲さんには本当に申し訳ないけど……」

「いや、あれくらいしたほうがいい。彼女はここで医療事務をしてるから、よく俺に話しかけてきてね。二十四歳になるんだけど、大事に育てられてきたせいか少し世間知らずなところがあって、断ってもなかなか諦めてくれなくて困ってたわけ」

彼が苦笑交じりに言うことは私もなんとなくわかり、頷きつつ「すごく純粋なんだろうね」と返した。

猪突猛進タイプのお嬢様のようだが、性格が悪いようには感じなかったし本当に可愛らしい人だった。男性なら皆夢中になってしまいそうなのに、目もくれなかった夏くんが不思議なほど。

「院長が結婚話をしてきたのは、俺と一緒になりたがってる彼女を見兼ねてって感じだった。院長の息子は開業医で、跡継ぎに困ってるのも事実らしいから、あわよくばって気持ちもあったのかもしれないが」

「なるほど……。親心からだったんだ」

院長が政略結婚させたがっているのかと思ったけれど、彼女の気持ちを汲んだ形だったらしい。彼女はそれほどまでに夏くんを好きだということだし、その強い気持ちにも共感できるので、やっぱり申し訳なくなった。

夏くんの実家はというと、お父さんも優秀な脳外科医で、今でもアメリカと日本を行ったり来たりしているらしく、私もいまだに会ったことはない。自身でクリニックも開業しているが、夏くんは『そこを継ぐとしても現役を引退してからにする』と話していて、今のところは白藍で外科手術に専念することしか考えていないようだ。

彼は白衣のポケットに片手を入れ、引き続き控えめな声で気だるげに言う。

「この歳で独り身だからか、東雲さんだけじゃなくて結婚を持ちかけてくる人が多くて。うんざりしてたから、婚約者がいるって噂にでもなってくれたほうが都合がいい」

「そうなんだ……。でも、そんなのすぐに効果なくなっちゃうと思うよ」

東雲さんに言っただけだし、噂が広まったとしてもほんの一時的なものでしかないだろう。というか、夏くんってそんなにいろんな人から言い寄られているのか。さすがエリート脳外科医、引く手数多《あまた》なのね。

胸の中がもやもやし始めて目線を落とした時、急に夏くんが私の前に立ち塞《ふさ》がった。危うくおでこをぶつけそうになり、驚いて顔を上げると、彼はどこか意味深な瞳で私を見つめてくる。

「じゃあ、もっと皆に見せつけてもいいか？　天乃が俺の婚約者だって」

心臓が大きく揺れ動き、息を呑んだ。同時に、ひとつの思惑が頭の中に浮かぶ。

これはまたとないチャンスだ。夏くんは冗談のつもりかもしれないが、実際に私が婚約者のフリをすれば彼にとっても都合がいいし、きっと今までよりもっと距離を縮められる。

偽物の関係でもいい。彼のそばにいられるなら。

「……いいよ。私が婚約者のフリをする」

まっすぐ彼を見上げて告げると、彼が目を大きく開いた。

「東雲さんには顔を知られちゃってるわけだし、少しの間なら協力するよ。私を婚約者として紹介する機会でもあれば、しばらくは結婚話も出されなくなるかも」

周りに誰もいないことを確認し、彼を乗り気にさせられそうな理由を並べてみた。必死さが出ないように注意して。

キョトンとしていた夏くんだったが、徐々に納得した表情に変わっていく。

「半分冗談だったんだけど、名案かもな。……でも、天乃は好きなやついるんじゃないのか？」

なぜか確信しているような調子で聞かれてギクリとした。

もちろんいるけれど、それはあなたです……とは、今は言えない。本気で好きだと知られたら、誠実な夏くんが偽装の関係を受け入れるわけがないし、断られたらそばにいられなくなってしまう。

「い、いたらこんなこと提案しないよ」

「本当に？」

「本当だよ！」

半信半疑な様子で確認してくる彼を不思議に思うも、すぐにこの偽装婚約計画はかなり安易なものだという懸念が生まれる。

「でも、婚約者だって紹介したところで、いつまで経《た》っても結婚しなければ怪しまれるか。結局、その場しのぎにしかならないかもね」

ほころびだらけの嘘はいつかきっとバレる。だからといって、本当に籍を入れることまではできない。結婚する気がないのは、彼だけでなく私も同じだから――。

結婚は望まないが、少しの間だけそばにいたい。そんな自分勝手な願いを叶えるためにも、偽装婚約はうってつけなのだ。

でも、彼にとってのメリットが薄ければやる意味はないよね……と、諦めかけた時。

「……いや、十分だ」

ほんの少し思案した彼の口から出た言葉は意外なものだった。

その瞬間、こちらに伸びてきた手が私の顔周りの髪をそっとかき上げる。手が触れるか触れないか、もどかしさにドキッとして目線を上げると、夏くんはなにかを決意したような男らしい表情になっている。

「そうとなれば、皆が納得するくらい婚約者としてたっぷり甘やかすけど、いい?」

脳が甘く痺《しび》れるような声で問いかけられ、私はなんだか夢心地でもちろん頷いた。

夏くんの特別な人になれるなんて嬉しい。偽りの関係だとか期間限定だとか、そんなのは関係ない。婚約者という特等席を手に入れられた、その事実だけで私の人生にかけがえのない幸せがひとつ増えたのだから。

彼の唇まで、あと一センチ

あなたに恋に落ちた瞬間を、私ははっきりと覚えている。

私の大切な家族を救ってくれたあの頃は、一人前のお医者様ではなかったけれど、そうは思えないくらい頼もしくてとてもカッコよかった。

あの出来事は、私が今の仕事を選んだきっかけにもなったんだ。

私の人生に、あなたはなくてはならない人だよ。

＊＊＊

『今日は当直で明日の午前中には帰れるから、作戦会議でもしようか』

偽装婚約話が成立した後、夏くんが仕事に戻る前にそう言い、彼の貴重なプライベートの時間を独占できることになった。

さっそくこんなに会えるなんて幸先がいい。最近、朝起きると頭痛に悩まされているのだが、翌朝はすこぶる体調がよくて身体も単純なんだなと思う。

逸《はや》る気持ちを抑えて午後五時まで仕事をし、終わったら残業などせずさっさと会社を出た。

真っ先に夏くんが住むマンションへ向かいたいけれど、その前にスーパーに寄って食材を仕入れていく。家にあるものでささっとご飯を作り、女子力を見せつけたいところなのだが、悲しいかな彼の家の冷蔵庫にたいした食材が入っていないのは百も承知だから。

この時間に会う時はいつも夕飯を一緒に食べる流れになるので、相談しなくてもお互いにわかっている。

ただ、これまでは常に秋奈や慎ちゃんもいたから、ふたりきりなのはほぼ初めて。家にお邪魔したことは何回かあるけれど、実はちょっと緊張している。

マンションは白藍総合病院から徒歩十五分の場所にあり、二十階建てのとても綺麗な建物だ。病院にすぐ駆けつけられるように近い物件を選んだそうで、別の科のドクターも同じ理由で何人か住んでいるらしい。

エントランスからロビー、エレベーターに至るまで高級感のある内装で、ホテルのように清潔感が保たれている。夏くんの部屋が多少散らかっていても汚く思えないのは、このマンション自体のグレードが高いせいもあるだろう。

十七階にある彼の部屋の前に到着してインターホンを鳴らすと、すぐにドアが開かれた。

スウェット姿でサンダルを引っかけたラフすぎる彼が、「お疲れ様」とふにゃっとした笑顔を見せる。昨日見たきりっとした白衣姿とのギャップがたまらない……。

緊張と胸キュンで心臓が騒がしくなりつつ、表面上は「お邪魔しまーす」といつもの調子で中に入った。

夏くんは私が提げていたマイバッグに手を伸ばし、当然のごとく持ってくれる。さりげない気遣いができるのはさすがで、感謝して靴を脱ぐ私に彼が言う。

「連絡くれれば迎えに行ったのに」

「たいした距離じゃないから大丈夫だよ。寝てるかもしれないなぁとも思ったし」

「さすがに起きてるって。五時間昼寝したから」

「それは昼寝の域を超えてるような……」

たわいない話をして笑いながら廊下を進み、木製の家具とモスグリーンのカーペットが温かみを感じさせるナチュラルテイストのリビングに入った瞬間、ふと違和感を覚えた。

一度じっくりあたりを見回してみて、以前は床やらソファやらに出しっぱなしになっていた服や本がなくなっているのに気づく。

「ん？　部屋、ちょっとすっきりした？」

「ああ、今まで片づけてた」

「えぇっ⁉」

「そんなに驚かなくても」

部屋のことにも無頓着な夏くんが片づけを⁉と、勢いよく彼のほうを振り向くと、〝失礼だな〟とでも言いたげに眉をぴくりと動かした。そして、今までの自分を棚に上げていけしゃあしゃあと言う。

「人を呼ぶ時は綺麗にするのが礼儀ってものだろ」

「よく言えたね、そのセリフ」

「あと、家事能力なさすぎて、これ以上天乃に幻滅されたくないから」

呆れて口を引きつらせていたものの、意外な言葉が続けられて私はキョトンとする。

もしかして、私が『先生のお嫁さんになるのは想像以上に大変ですよ』と言ったのを気にしている？　だとしたらなんだか可愛いなと、ぷっと噴き出してしまった。

「夏くんの生態はもう十分わかってるんだから、今さら幻滅なんてしないよ」

「それもそうか……」

ちょっぴりシュンとする彼にもクスクス笑い、嫌いになんてなるはずがないのだと伝える。

「私生活はゆるゆるなところも、打って変わって真剣になるお医者様の姿も、全部ひっくるめて夏くんは魅力的な人だって、ずっと前から思ってるよ」

夏くんは、ほんの少し驚きを含んだ瞳でまっすぐ私を見つめてくる。

フォローしたつもりが、なんか恥ずかしいことを言っちゃったかな。私は目を泳がせ、へらっと笑って話を変える。

「好物がハンバーグだってことも知ってる。ちゃんと片づけしたご褒美も兼ねて作ってあげるね」

「子供扱いしない」

不満げにツッコむ彼だったが、私が指差したマイバッグの中を覗くと「でもハンバーグ嬉しい」と、ぱっと表情を明るくした。こういう素直なリアクションも好きだなぁと改めて感じ、口元がほころぶ。

「どこかに食べに行こうかと思ってたけど、天乃の手料理以上に贅沢《ぜいたく》なものはないな」

大袈裟《おおげさ》だけれど嬉しい言葉をもらうと共に、大きな手でぽんぽんと頭を撫でられ、ときめきで胸が苦しくなるほどだった。

それからさっそくキッチンを借り、夕食を作り始めた。興味深げに覗きに来た夏くんには、洗い物を手伝ってもらうことにする。彼は手術器具を握らせればものすごく繊細なオペも器用に行うのに、包丁を握らせると恐ろしくて見ていられない。

でも、彼が隣に立っているだけで幸せ。本当に恋人同士になったみたいで、こんなに楽しいご飯作りは初めてだった。

今夜のメニューは、チーズをのせたハンバーグに野菜たっぷりのコンソメスープ、ヨーグルトが隠し味のコールスロー。至って普通だけれど、夏くんは子供みたいに目を輝かせていて、ひと口食べるたびに「うまっ！」と言ってくれた。

肝心の偽装婚約計画について話し始めたのは、それらを食べ終える頃。ダイニングテーブルの向かいに座る夏くんは、ハンバーグの最後のひと口を放り込み、満足げな表情で切り出す。

「昨日、天乃が『婚約者として紹介する機会でもあれば』って言ってただろ。二週間後くらいに創立記念パーティーがあるんだよ。職員の家族も参加ＯＫだから、そこで紹介するか」

「そんなイベントがあるんだ！　ちょうどいいね」

結構大きなパーティーのようだから、婚約者の存在を周知させるにはもってこいだろう。皆を騙《だま》すのはもちろん罪悪感があるけれど、誰かに迷惑をかけることはきっとないはず。

それが済めば、私はお役御免となるのか。噂さえ広まれば、こうして婚約者のフリをする必要もなくなるのだから。

潔く終わりにすると今決めておかないと、未練たらたらで離れられなくなりそうだ。彼とふたりだけの貴重な時間を過ごして気持ちを伝えられれば満足なのに、きっとそれ以上を望んでしまう。

「じゃあ、偽装婚約はその日までの約束ってことで」

胸が苦しくなるのを感じながらも、たいして気にしていないフリをして笑顔で取り繕う。夏くんは真剣な面持ちで私をじっと見つめた後、「わかった」と頷いた。

二週間なんてあっという間だ。それまでにできるだけたくさんの思い出を作っておきたい。

なにかいい口実はないだろうか。夏くんの誕生日は来月だし……と考えつつ私も食事を終えた時、テレビから風情のある音が聞こえてきて目をやる。ドーンと音を響かせて夜空に広がる光の花を見て、これだ！と閃《ひらめ》いた。

「ねえ夏くん、あの花火大会に行かない？」

テレビを指差してやや前のめりに誘ってみると、なにかを考える素振りをしていた彼もそちらに視線を移し、思い出したように口を開く。

「みなとみらいで毎年やってるやつか。そういえば今週末にやるって脳外の皆が話してたな」

「あ、そっか仕事……。そんなに都合よく休みじゃないよね」

そうだ、夏くんは当直もあるし、急に誘っても無理だろう。肩を落としたものの、彼はスマホを手に取ってシフトを確認している。

「休みじゃないけど、予定してる手術が時間通りに終われば見られると思う。行くか」

「ほんと⁉ やった！ 約束ね」

「ああ」

子供みたいに喜ぶ私を見て、彼はふっと柔らかな笑みを浮かべた。夏くんと一緒に花火を見るなんていつぶりだろう。

いや、夏くんだけじゃなく秋奈とも見ていないな。彼女はレストランで接客業をしているから、ここ数年は勤務と重なって都合が合わなかったのだ。慎ちゃんとは残業中にたまたまオフィスから見たことはあるけれど、それでは心から楽しめなかった。

皆でわいわい楽しく見るのもアリかもしれない。私が一緒に思い出を作りたい相手は、夏くんだけじゃないのだから。

「秋奈たちにも声かけてみよっか。最近あんまり皆で会えてないし――」

言いながら腰を上げて夏くんのそばに寄り、食器を片づけようと手を伸ばしたその時、手首をぐっと掴まれた。ドキッとして固まる。

「なんであいつらと一緒に行かなきゃいけないんだよ。婚約者がいるのに」

「え？」

なぜか少々不機嫌そうに呟いた彼だったが、瞳には心なしか甘さを含ませて私を見上げる。

「ふたりだけで行こう。デートの邪魔されたくない」

独占欲を感じる言葉に、心臓が飛び跳ねた。

こ、これは偽の婚約者の体《てい》で言っているんだよね？　きっと、パーティーで本物の婚約者らしく振る舞うための練習みたいなものなんだろう。そうわかってはいてもドキドキしてしまう。

好きな人に誘われて反論できるはずもなく、私は嬉しさを隠せない笑顔で「うん」と頷いた。

花火デートの約束を取りつけ、気分上々で食器を洗い始める。夏くんがやると言ってくれたけれど、溜まっている洗濯物を発見してしまったので、呆れ笑いをこぼしつつそっちを先に洗ってとお願いした。

夏くんと夫婦になったらこういう日常が送れるのかな。そんな未来は絶対に来ないけれど、のろけた妄想をするのは自由だ。鼻歌を歌いたくなるくらい上機嫌でお皿を洗っていく。

ところが、突然グラスを持つ左手に違和感を覚えた。嫌な予感がしたのもつかの間、左手がグラスを持ったまま硬直する。

ちょっと、やめてよ……なんでこんな時に。夏くんがこっちに来て手を見られたら私の異常に気づかれてしまう。

内心焦りつつ早く治まれと念じて数十秒、すっと力が抜けていくような感覚で再び動かせるようになり、グラスも落とさなかったのでほっとした。しかし、今までの幸せな気分は急降下していく。

まるで〝現実を忘れるな〟と警告されているかのよう。

私は本来こんな風にしていたらいけない人間だと、十分わかっているのにね。

洗い物をすべて終わらせて水道の水を止めると、かすかに雨音が聞こえてきた。手を拭いて、なんとなくリビングの大きな窓に近づく。

この向こうにはいつも綺麗な夜景が広がっているが、今は水滴で滲んでいて見えない。自分の未来を表しているかのようだな……と、ぼんやり眺めていた時、夏くんも背後からやってきた。

「雨か。結構降ってるな」

「そんな予報だったっけ。傘持ってきてないや」

そういえば、今朝は天気予報を見た覚えがない。毎朝ニュースでチェックするようにしているのに。

「ここで雨宿りしていればいい。まあ、車で送るからあんまり関係ないけど」

すぐ後ろで穏やかな声をかけられ、胸が温かくなった。

もう話は済んでしまったし帰らなきゃいけないと思っていたから、まだ一緒にいられる理由ができて嬉しい。それに、最初から帰りは送ろうとしてくれていたみたいだ。

「優しいね、夏くんは」

「たっぷり甘やかすって言っただろ」

甘めの声がくすぐるように響いて、耳がほんのり火照《ほて》る。

今の言葉が偽りの婚約者に対するものであっても嬉しい。

私にはこれで十分。雨で滲んだ景色さえも輝いて見えるから。この関係が終わるまで、ずっと幸せな夢を見させてほしい。

二日後、仕事終わりに慎ちゃんとご飯を食べようという流れになり、たまたま日勤だった秋奈も誘って三人で行くことにした。ここ数日の大きな出来事について話したかったのでいいタイミングだ。

やってきたのは、横浜《よこはま》駅からほど近いファッションビルの屋上で開催されているビアガーデン。ソファ席もあるおしゃれなビアテラスが人気で、平日の今日も大勢の人で賑《にぎ》わっている。

クラフトビールで乾杯した後、バーベキューではなく一品料理をいくつか頼んで、それをつまみながら夏くんとの関係が様変わりしたことを打ち明けた。

「偽装婚約ぅ～⁉」

ふたりは同時に叫び、目をまん丸にしてテーブルに身を乗り出す。予想通りの反応だけれど、周りの人の視線を感じて少々気まずい。比較的賑やかなビアガーデンを選んで正解だったかも。

「ちょっと天乃、いいの？　それで」

「お前、遠慮しない方向間違えてない？」

緩く波打つ長い前髪をかき上げ、驚きと心配が混ざった顔で言う秋奈に、慎ちゃんが眉を歪《ゆが》ませて続けた。若干決まりが悪くなるも、私はもちろん後悔していない。

「偽装でもなんでも、今以上に夏くんの近くにいられるならそれでいいの」

「よくなくね⁉　だって――」

「いや、これはチャンスよ！」

けろっとして返す私に慎ちゃんが反論しようとしたものの、秋奈が急になにかが閃いたように表情をぱっと変えて遮った。

「偽装から本気になるのが恋愛漫画のお約束でしょ。偽装の関係になったのは、結ばれる前の大きなフリといっても過言じゃないわ」

「出たよ、秋奈の恋愛脳」

真剣に力説する彼女に、慎ちゃんは呆れた目をして脱力した。

秋奈は見た目もとても大人っぽく、性格もクールなお姉さんという感じなのだが、実は恋愛漫画が大好きな夢見がち女子だ。

私が夏くんと付き合うことをずっと望んでくれているので、その期待が大きく膨らんできたらしく、女優ばりに美しい顔をにんまりと緩ませている。

「兄貴が偽装婚約するなんて意外すぎるけど、あの鈍感ヤローにしてはいい選択をしたわね」

「本気で困ってたんじゃないかな。周りから結婚話を持ちかけられるのが」

「そんなに困ってる様子はなかったわよ。単純に天乃と同じ気持ちだったりして」

「それはない」

私はきっぱり否定してビールを喉に流し込んだ。

夏くんが私を好きだとは思えないよ。悲しいかな、女性として見られている気がしないもの。

女同士であーだこーだと話している横で、慎ちゃんは納得がいかない様子で腕を組んでぼやく。

「偽装なんて回りくどいことする必要ないと思うけどな、俺は」

「おだまり。天乃が決めたなら外野があれこれ言っても仕方ないわよ」

「冷たぁ……」

なぜか塩対応になる秋奈に、若干しょぼんとする慎ちゃん。ふたりはいつもこんな調子で面白いのだけれど、お互い好き同士なのでは……と私は前々から思っている。

現在はフリーのふたりだが、それぞれ恋人がいた時期があり、どちらもたいして長く続いていない。それはたぶん、一番相性のいい相手が友達の位置に納まってしまっているからじゃないだろうか。

男女の友情の一線を越えてくれたらいいな、と内心望んでいる私の意識を引き戻すかのごとく、秋奈がわくわくした笑顔で言う。

「とりあえず、今度の花火大会楽しんできなよ。もちろん浴衣でね。天乃のお母さん、着付けできるでしょ」

「え、浴衣？」

「女子力を見せつける絶好のチャンスじゃない。あと、恋愛に必須なトラブルを生み出せる」

浴衣なんて最後に着たのはいつだろう。なんとなく勇気がいるけれど、これを逃したらきっともう機会はないだろうし着てもいいかも。というか、恋愛に必須なトラブルって？

首をかしげる私に対し慎ちゃんは理解しているらしく、これに関しては同意するように頷いている。

「慣れない下駄《げた》で転びそうになって抱きつくとか、鼻緒が擦《す》れて歩けないっつっておんぶしてもらうとかだろ。あいつにはそれくらいして意識させたほうがいいな」

「さすが慎ちゃん、わかってるわね。あざとい系女子もお手の物」

「なんでだよ！」

真顔の秋奈と即行でツッコむ慎ちゃんに、私は思わず声を出して笑った。確かに彼もモテるから、過去にそういう子と付き合った経験があるのかもしれない。

秋奈は長い髪を片手で後ろに払い、クールな笑みを浮かべる。

「そんな計算しなくても、天乃は可愛いからそのままでいいんだけどね」

「ああ。いくら鈍感なあいつでもそれはわかってるだろ」

慎ちゃんまでそんな風に言うので、私は謙遜して首を横に振り、「私の周りは甘い人ばっかりだなぁ」と苦笑をこぼした。

そのままで可愛いと思ってもらえる自信なんてない。でも、だからこそ浴衣を着るのもいいかも。

いつもと違う自分を見てもらいたい欲が出てきて、ちょっぴりわくわくし始める私に、秋奈が急に思い出したように問いかけてくる。

「ねえ、はっきり聞いたことなかったと思うんだけど、天乃はなんで兄貴を好きになったんだっけ？」

海老のフリッターを口に放り込んでキョトンとした私は、じわじわと頬が火照りだす。

「今さら話すの？　それ」

「いーじゃん、恋バナするの久々なんだし」

いたずらっぽく口角を上げる秋奈に続いて、慎ちゃんまで「俺も聞きたい」と身を乗り出してくる。

好きな人の妹にこの話をするのはなんだか気まずいものがあるけれど、それも今さらか。

ふたりにじっと見つめられて逃げられなくなった私は、目線を斜め上にさまよわせて記憶をたどる。

まず初めに好きになったのは……。

「んー……顔」

「身も蓋《ふた》もないな」

正直に答えると、慎ちゃんが即ツッコんで秋奈は大笑いした。外見に惹《ひ》かれたのも本音だが、また別の理由もある。

「だったんだけどね、最初は。夏くんが研修医になってすぐの頃、決定的なことがあって」

当時を懐かしんで続ける私に、ふたりは黙って耳を傾ける。

「私のお祖父《じい》ちゃんが、よく箸を落とすようになったり、綺麗だった字がミミズみたいになっちゃったりしてて。ちょっと気にはなってたけど、他に変なところはないって言うから様子を見てたの。その話を夏くんになにげなくしたら、すぐお祖父ちゃんに会いに来て『脳の病気かもしれない』って教えてくれた」

夏くんは一人前のドクターのように問診をして、祖父を病院へ連れていってくれた。

祖父自身もたいして気にしていなかった小さな不調も、実は危険な病の前兆だったらしい。

「結果は夏くんの言う通りで、脳の血管が詰まってたみたい。あのまま放っておいたら脳卒中になってたかも」

まさかそんな危険な状態だとは予想もしなかったから、主治医から話を聞いた時は驚いた。祖父は残念ながら去年亡くなってしまったが、早くに発見してもらえたおかげで後遺症もなくそこまで寿命を延ばせたのだ。

静かに聞いていた秋奈は、どこか嬉しそうに微笑む。

「兄貴は恩人だったわけね」

「そう。病気に気づいただけじゃなくて、すぐにお祖父ちゃんに会いに来て、私たち家族の気持ちも配慮しながらいろいろサポートしてくれた。そういう人柄も素敵だしすごく頼もしくて、この人についていきたい！って思っちゃったんだよね」

普段はのほほんとしていて私生活は干からびているのに、医者として、人として本当にカッコいい。その姿に私は胸を打たれたし、彼は絶対に名医になると直感した。

心の中でも褒めまくっている私を見て、ふたりともにんまりと表情を緩ませて「ふ〜ん」と頷いている。やっぱり恥ずかしくていたたまれないので、反撃に出るとしよう。

「はい、私は話したから今度はふたりの番。今好きな人いるよね？」

「はっ⁉」

「なんで決めつけてんだよ」

あからさまに動揺し始めるふたりが面白くて、私は呑気に笑っていた。

……こうして楽しく話せているだけで幸せだ。以前はただの気晴らしだったこの時間も、今ではとっても貴重なもの。

嫌なことは忘れて盛り上がったおかげで、ふたりと別れる時は無性に寂しくなった。

花火大会当日、秋奈の助言通りに母が昔使ったという浴衣を借り、着付けもしてもらった。紺色に大判な椿の柄が入っていて、結構前のものだがレトロで可愛い。大人っぽいデザインでもあるので浮かなそうだ。

髪は後ろでお団子にして、バレッタで留めたアップスタイルにしている。不器用なので、ヘアアレンジは簡単なものしかできないのが悲しいところ。

そんな私の後ろで辛子色の帯を締め、満足げな母が姿見に映っている。

「天乃がいつこの浴衣を着てくれるかなって待ってたのよ。よかったわ〜箪笥《たんす》の肥《こ》やしにならなくて」

「着る機会なんてなかったからね。わりと似合ってるんじゃない？」

いろんな角度から姿を確認して自画自賛すると、母もうんうんと頷いて「さすが私の娘」と言い、いたずらっぽく笑った。

そして目線を宙に上げ、懐かしそうに目を細める。

「私もこれを着てお父さんとデートしたの。たくさん可愛いって褒めてくれてね〜」

「はいはい」

いつまでも新婚のごとくのろける母を、呆れた笑いをこぼして適当にあしらう。

両親はとても仲がよくて、私や弟が思春期の頃はちょっと複雑な気分になったけれど、今では本当にいい夫婦だと思っている。

母はおはしょりを直し、鏡越しに私を見つめて微笑む。

「天乃が好きになった人に、天乃の可愛い姿を見てもらえて嬉しい。そういう相手ができたこともね」

なんだかしんみりとした口調で言うので、ほんの少しセンチメンタルな気分になる。

私の幸せが母の幸せなんだなと、ひしひしと感じて。

憂いを帯びた表情になる私に、母は明るく笑いかける。

「夏くんなら安心して天乃を任せられるわ。楽しんでらっしゃい」

母に偽装婚約の話はもちろんしていないけれど、夏くんがどんな人かは知っている。

それと、私の恋心も。

ちょっぴり恥ずかしくなりつつ、快く送り出してくれる母に「ありがとう」と心から感謝した。


約束の午後七時、向かった先は横浜駅の交番前。交通規制がかかるので車移動はやめ、白藍から近いここで待ち合わせることに決めた。

普段から人の多いこの場所は、今日は花火大会のせいでさらにごった返している。が、なにかあってもすぐに交番に飛び込めるので安心感はある。夏くんからもそうするようにと口酸っぱく言われているし。

花火が始まるのは七時半から。夏くんもお腹を空かせているだろうし、もし屋台が出ていたらなにか食べようかな、と子供みたいにわくわくして彼を待っていた。

約束の時間から十分。あまり気にせずネットを見て時間を潰していたものの、それからさらに十分経っても彼は現れない。手術が長引いているのだろうか。それともなにかのトラブル？

心配になり始めた時、「あの」と声をかけられたので反射的に振り向く。同時に、かごバッグの中にスマホをしまった。

声がした先には、人混みの中でひとりだけ私を見つめているスーツ姿の男性がいる。四十歳ぐらいの小太り体型で、うねった短い髪がワカメみたいな、仕事帰りのサラリーマン風の人だ。

「君、サキちゃん？」

「えっ？」

道でも聞きたいのだろうか、と思ったのもつかの間、こちらに一歩近づいた彼は別人の名前を口にした。どうやら私を誰かと間違えているらしい。

「僕だよ、イグチ。今日は来てくれてありがとね」

ハンカチで顔周りの汗を拭い、鼻息を荒くしてニタリと笑う彼になんとなく拒否反応が出る。無意識に肩をすくめ、口の端を引きつらせてぎこちなく返す。

「いや、あの、私はサキではないですし、なんのことかさっぱり……」

「紺色の浴衣を着て、ここで待ってるって言ってたじゃないか。他にそれらしき子はいないよ」

そう言われて思わず自分の浴衣を見下ろした後、周りにキョロキョロと目を向けた。確かに紺色の浴衣は私しかいない。この人が待ち合わせている子と偶然特徴が同じだったということか。

でも、お互い顔を知らない相手ってどういう……と考える間もなく、男性が私の背中に手を当てた。ぞわっとした不快感を覚える。

「ほら、行こう。今日は顔合わせだから、絶対に変なことはしないし安心して」

「ちょ、ちょっと待っ――」

気になるワードばかりだけれど、今はそれどころじゃない！と、危機を感じて身をよじったその時、誰かが男性の手を掴んだ。

「なにをしてる？　この子は俺のだ。触るな」

見上げた先には、若干息を切らせて汗を滲ませた夏くんがいた。こんなに怖い顔をする彼を見るのは初めてだけれど、来てくれた途端に一気に安堵する。

「夏くん……！」

「あんたこそなにするんだ⁉　僕は彼女と約束していたんだぞ」

咄嗟に夏くんのそばにくっつくと、邪魔された男性はしきりに汗を拭いて憤りを露《あら》わにした。が、夏くんはまったく取り乱さない。

「へえ……。この人のこと知ってる？」

「知らないし、約束なんかしていません」

あえて問いかけられたのでぶんぶんと首を横に振って完全否定すると、夏くんは冷ややかな瞳を男性に向ける。彼は「んなっ……！」となにか言おうとしたものの、眼光を鋭くした夏くんにギクリとした様子で口をつぐんだ。

「勝手な思い込みで彼女を困らせないでもらえますか？　まだグダグダ言うなら、この交番で話をしましょう」

顎で交番のほうを示す彼に、男性はさすがにまずいと思ったのか一歩後退《あとずさ》りし、そのまま身を翻《ひるがえ》して足早に去っていった。誤解が解けたのかはわからないが、とりあえず一件落着してほっとする。

「なんだったんだろ、あの人……」

「パパ活かなにかだろうな。顔も知らない若い女性と会うっていったら」

「あ！　顔合わせとか言ってたし、そうかも」

「おおかた女性のほうが直前で気が変わって、ちゃんと連絡もせずドタキャンしたんじゃないか」

あの男性の言動からして、それが一番しっくりくる。かなり動揺したけれど、夏くんが来てくれてよかった。

彼を見上げて「ありがとう」と微笑むも、彼は眉尻を下げた申し訳なさそうな表情に変わって私に向き直る。

「遅くなってごめん！　予想以上に手術が長引いて」

「やっぱりそうだったんだ。いいんだよ。手術、無事に終わってよかったね」

「よかったけど、よくない。危うく天乃が連れ去られるところだった」

彼はいまだに焦燥《しょうそう》が残っているような調子で、私の手を取る。

「もう絶対、離さないから」

手を繋ぎ、真剣な瞳を向けてそう言われ、胸が高鳴った。

思い返せば、『この子は俺のだ』って言っていたよね。独占欲をむき出しにされている感覚を味わえてたまらない。こんな展開になるなら、今しがたのハプニングも意味のある出来事だったな、なんて思ったりして。

しっかりと手を握り返した瞬間、ドーン！と豪快な音が鳴って、夏くんの背景に光の花が咲いた。周囲からも歓声があがる。

「わ、綺麗……！」

久しぶりに近くで見た花火にテンションが上がる。周囲の人たちと一緒になって夜空を見上げていると、夏くんだけはこちらを見つめていることにふと気づいた。

「そう言ってる天乃も綺麗だよ。浴衣姿、すごく可愛い」

耳に顔を近づけて甘すぎる言葉を紡がれ、心臓の音なのか花火の音なのかわからなくなった。

すっかり浴衣を着ているのを忘れていた。こんなに褒めてもらえると思っていなかったから、みるみる頬が熱くなる。

「褒めすぎ……」と呟いて、俯き気味に手の甲で口元を隠す私に、彼はクスッと笑ってようやく視線を周囲に移す。

「歩きながらどこか静かに見られる場所を探すか」

「うん」

大好きな彼の穏やかな笑顔が戻ってきて、嬉しさを感じながらふたりで歩き出した。

予想通りどこも混雑していたものの、川に沿った散歩道の途中で打ち上げ花火がよく見えるポイントがあり、意外にも人がいなかったのでそこで見物することにした。ふたり並んで手すりに寄りかかり、たわいもない話をしながらしばし花火を眺めて感慨に浸る。

おくれ毛を揺らす少しぬるい夜の空気、身体の奥まで響いてくる音、繋がれた手の感触――。それらはすべて私の記憶にしか残らないけれど、目に見える形で残しておけるものもある。

「ねえ、写真撮ろ」

夏くんを振り仰いで言うと、彼は私を見下ろしてふっと口元を緩める。

「いいけど、俺の顔疲れきってるかも」

「全然。夏くんはいつだってカッコいいよ」

「褒め上手だな、天乃は」

自然に本音が出たのだが、彼はあまり本気にしていない様子で口角を上げた。「夏くんほどじゃないから」と返してバッグからスマホを取り出すと、メッセージが来ていたことに気づく。

数十分前、おそらく私が先ほどの男性に声をかけられた時に、夏くんが送ってきていたらしい。

【ごめん、遅くなった。しぐ行く】

ちょっぴりまぬけな誤字に噴き出しそうになってしまった。きっと急いで来てくれたんだろうなと思うと、この誤字すらも愛しい。

彼がなにをしたって好きなんだなと、自分にやや呆れつつカメラモードにする。

私がスマホを構え、花火をバックにしてカメラのフレームに収まるように顔を寄せ合う。何度か撮り直したけれど、変な顔をしていたりズレまくったりしているものも、すべて大切な宝物だ。

夏くんは被写体としても完璧。今日はグレーのオープンシャツを着ていて、普段のラフな格好よりおしゃれさがアップしているし、デートを意識しているのかなと思うとなんだか嬉しくなった。

貴重なツーショットに満足してスマホをバッグにしまい、再び花火のほうを向こうとした時、急に片足がもつれて体勢が崩れる。

「わっ」と声を漏らしてよろけるも、夏くんは咄嗟に私の肩を抱いて支えてくれた。

細身なのに、少しぶつかっただけではびくともしない逞《たくま》しい身体に支えられ、男らしさを感じてドキッとする。

秋奈たちが言っていた、恋愛に必須なトラブルが本当に起きたわ……。今のは狙ったわけでも、下駄のせいでもないのだけれど。

「ごめん！　ありがと」

「大丈夫？　下駄だし、足痛いんじゃないか」

「ううん、ちょっと慣れないだけ」

心配そうに私の顔を覗き込む夏くんに、首を横に振って笑みを返した。今日はやたら距離が近くなることばかりで、不整脈を起こしそうだ。

でも、彼はそんな乙女心になど気づいていないだろう。

異変を察知されないよう、動きの悪い片足をかばって手すりに寄りかかる。もう支えてもらう必要はないのに、彼は私の肩を抱いたまま言う。

「無理するなよ。おんぶでもお姫様抱っこでも、なんだってしてやるから」

子供扱いされているような気がしないでもないけれど、もちろん嬉しい。甘やかされっぱなしで心がくすぐったくなってくる。

「それは恥ずかしいな……」

「あ、米俵みたいに担《かつ》いだほうがいいか」

「もっと恥ずかしいから」

素なのか冗談なのかわからない調子の彼に、食い気味にツッコんだ。

恋愛小説の表紙ではわりと見かける構図だし、秋奈だったら喜ぶかもしれないが、自分が担がれる様を想像するとまぬけでしかない。

クスクス笑う私を一瞥《いちべつ》した夏くんも笑い、やっと肩から手を離した。

再び並んで手すりに肘をかけ、引き続き花火を楽しむ……かと思いきや、彼はふいに落ち着いた口調で話しだす。

「浴衣着てる天乃を見てたら、成人式のこと思い出した」

「成人式？」

「秋奈から天乃との写真が送られてきて、一丁前に振袖なんて着るようになったんだなって、なんかお父さんみたいな心境だったよ」

そういえばあの時も、秋奈が『兄貴に天乃の可愛い姿を見せつけてやろー』と言って、私とのツーショットを送っていたっけ。でも〝お父さんみたいな心境〟って……やっぱり女性としては意識していなかったみたいだよ、秋奈。

六年前のことを思い出して苦笑を漏らすも、夏くんの顔からはゆっくり笑みが消えていく。

「その写真を見た後、ちょうど二十歳になったばかりの女の子を看取ったんだ。悪性の脳腫瘍《しゅよう》があって、『成人式に出るのが目標だ』って言って頑張っていたのに、それは叶えられなかった」

私の心臓と、夜空に高く上がった花火が、同時に大きな音を立てた。鎮魂《ちんこん》の意味を持つそれが華やかに広がり、彼の綺麗な横顔を照らす。

「今、がんは治る時代だってよく言うだろ。でも、グレードの高い悪性脳腫瘍はそうはいかない。俺が今まで見てきた患者さんにも予後がいい人はいないし、腫瘍を完全に取っても遅かれ早かれ必ず再発する」

彼の口から淡々と語られるのは、苦しい現実。

今の医療では、悪性度の高い脳腫瘍に対しての治療には限界があり、近い未来の死は避けられない。それは私でも知っている。自ら手術を行う彼にとったら、どれだけ悔しいことか。

「俺たち外科医が、これ以上ない完璧な手術をしても助けられない。そういう無力さとか、病の憎さをその日は特に感じてとことん落ち込んでた。全部承知の上で選んだ道だったのに、脳外科医は間違いだったかなって、ほんの少しだけど迷ったくらい」

「そんなに滅入ってたんだ……」

同じ二十歳の子が亡くなったっていうのに、私たちが能天気にはしゃいでいたから余計に虚《むな》しくなっちゃったのかな。

申し訳なさを感じる私に気づいたのか、彼はこちらを向いて「あ、誤解するなよ」と気遣う。

「天乃たちのことはもちろん祝福してたから。むしろ、枝豆を食べようとしてるのにあらぬ方向に飛び出して全然食べられてない姿を見て気が紛れたから」

「アホだって思ったんだ絶対～！」

酔っ払った恥ずかしい姿を暴露されて、私は両手で顔を覆った。羞恥《しゅうち》で悶《もだ》える私の隣で、夏くんはおかしそうに笑っている。

成人式の夜、私たちが二次会で行ったお店にたまたま夏くんもいて、はっちゃけているところを見られてしまったのだ。でも私、そんなことしていたっけ……はぁ、若気の至りだ。

そういえば、あの時彼は珍しくひとりで飲んでいて、纏《まと》う空気感もかなり暗かったのは覚えている。だから心配になって、元気づけようとして……。

「『夏くん、全然飲んでないでしょー』って絡まれたりもした」

「すっごい迷惑！」

さらに暴露され、空気の読めなさに自己嫌悪して頭を抱えた。今聞いたような深刻な事情で落ち込んでいる人に対して、一番やってはいけない絡み方なのでは？と後悔しまくる。

ところが、夏くんは思いのほか嬉しそうな顔をして言う。

「それが迷惑なんかじゃなくてさ。本当に俺の気持ちを変えてくれたんだよ。天乃の『夏くんに看取られる人は幸せだね』ってひと言が」

意外な言葉に、私は頭から手を離してキョトンとした。

確かあの時、絡んだ流れでふたりで話をしたんだよね。今日みたいに詳しくは語らなかったけれど、彼が医者として悩んでいて壁にぶち当たっているんだろうなと察したから、少しでも励みになればと思っていることを伝えたのだ。

『なにより大事な生きる時間を延ばして、息を引き取るその瞬間まで精一杯手を尽くしてくれるんだもん。最期までそんな風にしてもらえたら、患者さん本人も家族もいい人生だったって納得できるんじゃないかな』

私がそう言ったのだと、彼は事細かに覚えていた。

私自身はその夜の記憶は曖昧《あいまい》だが、同じことを当時からずっと思っている。祖父を救ってくれた時から、病に立ち向かうひたむきさや、患者さんや家族と親身に接する姿を見て、人として尊敬しているから。

夏くんのような お医者様が頑張ってくれるから、患者さんとその家族は残りの時間を有意義に使うことができる。病を完治させることだけが医者の役目ではないだろう。

「それを聞いたら、〝ああ、俺は患者さんがその時を迎えるまでの、準備期間を作る手伝いをしてるんだな〟って思えるようになった。患者本人と家族との、かけがえのない時間を作ってるんだなって」

美麗な顔がこちらを向き、私たちの視線が絡まる。

「天乃のおかげで、俺は脳外科医としての誇りを持っていられるんだよ」

恐縮してしまいそうなほど嬉しいひと言をもらえて、心が震えた。

夏くんのために私がしてあげられることは、婚約者のフリとか、家事を手伝うことぐらいだと思っていた。でも、まさか六年も前の私の言葉が少なからず影響を与えていたなんて。

「大袈裟じゃない？」

「いいや。天乃からしたらなにげない言葉も、俺にとってはそれくらい胸に響くものだった」

彼は満たされたような笑みを浮かべ、クライマックスに差しかかった大輪の光の花に目をやった。

今の彼の言葉もまた、私に大切なことを思い出させてくれる。

「……そうだね。なにげないことが、誰かにとっては大事だったりするね」

私も夜空に顔を向けて目を閉じ、夏の匂いがかすかにする空気を吸い込む。

「私も、今こうしてるだけで幸せ。花火も浴衣も、特別なものはなにもなくていい。心から笑って夏くんの隣にいられる。それだけで十分幸せだよ」

大好きな人の顔を見て、言葉を交わして笑い合う。これ以上に贅沢なことはない。

ひとつ深呼吸をし、口元を緩めて隣を向くと、いつの間にか彼もこちらを見ていた。

わずかに熱っぽい瞳に捉えられ、同時に骨張った大きな手が私の頬に添えられる。

「なつ――」

不思議に思ったのは一瞬で、次の瞬間には彼の顔がありえない距離に近づいていた。

目に映るのは、前髪がかかるまつ毛を伏せた瞳。肌で感じる息遣いと、柔らかな唇の熱。花火の音だけが、どこか遠くに聞こえた。

長いようで短い数秒間だった。唇を離した彼は唖然《あぜん》とする私を見つめ、やや申し訳なさそうにふっと微笑む。

「天乃があまりにも綺麗で、我慢できなかった」

そこでぶわっと一気に顔に熱が集まった。心臓がバクバクと鳴って、うまく呼吸ができない。

え……今、なにが起こったの？　私が綺麗？　我慢できない？　からの……キ、キス⁉

予想だにしない展開に、パニックに陥って挙動不審になってしまう。

ど、どうしよう、こういう時ってどんなリアクションをすればいいの⁉

初めての経験で内心あたふたしていると、数人の男女がわいわいしゃべりながらこちらに向かってくる。

気まずい……と思ったのは夏くんも同じだったのか、「そろそろ終わりそうだし、飯食いに行くか」と何事もなかったかのように言うので、目を見られないままこくりと頷いた。

再び手を取って歩き出した彼に、私は熱が冷めやらない顔を俯かせてついていく。

もう転ばないように注意して。

……雰囲気に呑まれたとか、魔が差したってやつだろうか。それ以上の理由を望んでも仕方がないのに、心のどこかで期待してしまう自分がいて憎らしい。

この手をいつまでも離したくない——それは贅沢で叶わない望みだとわかっていても、願わずにはいられなかった。

本物の関係になるまで、あと一週間

器具と心電図の音が響く静かな手術室。壁掛けテレビのようなモニターに、俺の手元の映像が映し出されている。

頭蓋骨《ずがいこつ》を切り、硬膜という丈夫な膜をハサミで切り開いて、ようやく露わになった脳の表面にさらにメスを入れる。

開頭手術を始めて一時間、脳の深さ約六センチの、細い血管や神経が入り組んだ部分に、鶏《とり》肉の脂身のような腫瘍が現れた。

「──見えた。これが腫瘍の本体。静脈を温存して、すべて取り除く」

顕微鏡から目を離さずに緊張感のある声で助手や研修医に伝え、数十ミクロンの細かな血管にくっついた腫瘍を慎重に剥がしていく。

良性のものだが、結構な大きさに育っているためやや苦労する。神経を傷つければ術後の患者の生活に支障をきたしてしまうため、それだけは絶対に避けなければならない。

こびりついたシールを少しも破ることなく剥がしていくような、気が遠くなるような作業だが、患者の頭の中にいる悪魔は完全に消し去ってやる。

約五時間が経過したところで、血管も神経も傷つけずにようやく腫瘍を全摘することができた。スプーンでくり抜いたスイカのようにぽっかりと空いたその部分を見て、男の研修医がため息交じりに言う。

「難しい場所なのに、出血もなくこんなに綺麗に取り除けるなんて……」

「腫瘍の周りの、正常とそうじゃないところの境目が全部見えてるんですよ、芹澤先生は。化け物です」

クールなオペナースの三浦《みうら》さんが俺の代わりに返してくれる。無論、俺は自分をすごいとも、化け物だとも思っていないが。

問題なく腫瘍を取り除けたことで、張り詰めていた手術室内の空気もやや緩むが、俺は休みなく手を動かす。その間も彼らが「並の人間には無理ですね」などと言っているので、内心苦笑しつつも淡々と返す。

「俺も普通の人間だよ。はい、硬膜の縫合終わり」

使い終わった器具をトレイにカチャンと置いてひとつ息を吐くと、研修医が目を丸くする。

「早っ……！」

「やっぱり化け物です」

三浦さんが声音を変えずに言い、次に使う器具をさっと差し出した。

開頭手術は傷口を閉じるにも時間と手間がかかるが、あとは助手にもやってもらうので俺はようやく肩の力を抜いた。

手術を終えた患者はしばらくICUで様子を見る。それはひとまず看護師たちに任せ、長時間集中して疲れた肩や首を回して医局へ向かう。

すると、後ろから先ほどの研修医がやってきて、俺の隣に並びぺこりと頭を下げる。

「芹澤先生、お疲れ様でした。先生はオペをしながらでも丁寧に教えてくださるので、すごくわかりやすくて勉強になります」

「それはよかった。今日は比較的取りやすかったね」

「あれでですか……？」

手術中とは違って口調を和らげて微笑んだものの、彼はやや口の端を引きつらせていた。顕微鏡を使った手術はまだまだこれからの彼からしたら、きっと神業のように見えていたのだろう。俺自身、最初は先輩医師が執刀しているのを見て同じように思ったから。

研修医の中でも素直で明るい性格の彼は、俺にも臆することなくフレンドリーに話してくる。

「今日の患者さん、この間の花火を病室から眺めて『妻と見たかったなぁ』って言ってましたよ。結婚二十年目らしいですけど、ラブラブでいいですね～」

「花火……」

彼の話を聞いていて、ふと一昨日の出来事を思い出して足を止めた。花火より、あの子に見惚《みと》れてしまっていたあの夜のことを。

待ち合わせ場所で天乃を見た瞬間は、浴衣姿を可愛いと思う余裕はなく、ただただ彼女を連れていこうとしていた男への憤りでいっぱいだった。あの子に触れるのは俺だけであってほしいと、勝手な独占欲が膨らんで。

その想いは募る一方で、花火を見ていても考えるのは天乃のことばかり。そのせいなのか、彼女をいつも以上に愛しく感じた。

きらめく明かりを大きな瞳に映し、桜色の唇の端をゆるりと持ち上げ、『今こうしてるだけで幸せ』と紡ぐ。その姿がなぜだか儚《はかな》く、とても美しくて、無性に触れたくなる衝動を抑えることができなかった。

天乃には少なくとも嫌われてはいないはずだ。嫌いなやつを花火に誘ったり、ましてや偽の婚約者になろうなどとは思わないだろう。

その自惚《うぬぼ》れのせいもあって唇を奪ってしまったわけだが、彼女は俺の予想以上に戸惑っていた。順番はあきらかに間違っているし先走りすぎたよなと、今は後悔と反省の気持ちが大きくなってきている。

「……ダメだ」

「えっ」

深刻なため息混じりに呟くと、研修医がギョッとしてこちらを振り向く。

「え、先生？　ダメって……」

「やっぱりまずかったよな、あれは」

中途半端なことをしないで、いっそ想いを伝えていればよかったのかもしれない。恋愛の類《たぐい》になるとお粗末な自分に辟易し、壁にもたれて頭をコツンとつけた。

そんな俺を見て、研修医はなぜか青ざめていく。「そんな、まさか……い、医療ミス⁉」と小さく叫んだ彼の勘違いに気づいた時には、彼は三浦さんに助けを求めに行っていた。

なんとか誤解を解いて三人で院内を歩いている最中も、三浦さんは声を出して笑っている。一緒に組むことも多く、俺より若いが信頼できる仲間である彼女は、あまり喜怒哀楽を表に出すタイプではないので珍しい。

「芹澤先生ともあろう方が、医療ミスなんかするわけないじゃないですか。ただ、オペを終えると途端にポンコツになっちゃうだけで」

「ですよね！　失礼しました」

「俺ってそんなにポンコツ……？」

研修医が恥ずかしそうにしてバッと頭を下げるも、俺はそちらのほうが気になって若干ヘコむ。天乃にプライベートの無頓着さを指摘されてから自分を見つめ直しているのだが、周囲の人たちからしてもやはり普段の俺には問題があるらしい。

なにげに肩を落としていると、三浦さんは〝あっ〟という顔をしてフォローしだす。

「すみません、語弊がありましたね。オペ中が神懸かりすぎていて、デスク周りが散らかってたりふらっとどこかに行っちゃったり、っていうギャップがすごくてそう思ってしまうんです。たぶん」

「な、るほど」

納得できるような、できないような。腕を組んで考える俺に、彼女は「決してけなしているわけじゃありませんから。それが先生のチャームポイントなんですよ」と補足し、クールに微笑んだ。

三浦さんはあまりお世辞を言わない人だ。今の言葉も素直に受け止めておくかと思い笑みを返すと、研修医がひょこっと俺の顔を覗き込むようにして言う。

「でも先生、さっき急に落ち込んでましたよね。手術ではないにしても、なにかあったんじゃないですか？」

「プライベートとなると……婚約者さんとか？」

三浦さんにピンポイントで指摘され、ぴくりと反応する。

噂というのは驚くほど広まるのが早く、あっという間に脳外科の仲間たちの耳にも入っていた。結婚話が出ると決まって『好きな子がいるから』と断っていたのも皆知っていたので、『ついに結ばれましたか！』と祝福してくれる人が多い。このふたりも同じく。

好きな子がいるという断り文句は、適当に使っていたわけではない。本当に、俺にはずっと想っている人がいる。当の本人には内緒にしているが。

その断り文句を唯一本気にしていなかったのが、院長の娘の東雲さんだ。絶対に自分にもチャンスはあると信じてなかなか諦めてくれず、他の理由を探していたところに、まさかの助っ人が現れた。

好きな子が結婚を阻止しようとしてきたとなれば、この機を逃すわけにはいかないだろう。

そうして始まった彼女との関係を思い返して曖昧に唸《うな》っていると、三浦さんは確信したらしくわずかに口角を上げる。

「やっぱり原因は婚約者さんとのことなんでしょう。ケンカでもしたんですか？」

「ケンカはしてない。……しいて言うなら、あの子が可愛すぎるのが原因だな」

真顔で呟くと、両側を歩いていたふたりの足が同時に止まった。俺は構わずに歩き続ける。

天乃が可愛すぎて、俺の理性がバグを起こしそうなんだ。病院の創立記念パーティーまではあと一週間もないが、いつまで耐えられるだろうか。

難しい顔をして歩く俺の後ろから、ふたりが驚きと戸惑いを含んだ調子でコソコソと話すのが聞こえてくる。

「……さすがの芹澤先生でも、恋の病には太刀打ちできないみたいですね？」

「できていたら、もっと早くに婚約してた気がします」

まったくもってその通りだ。天乃に好きな男がいると誤解していなければ、とっくに行動に移していたというのに。

恋の病ほど難解で厄介《やっかい》なものはないなと、慣れないことで頭を悩ませつつ医局へ向かった。

＊＊＊

いったい何年もったいないことをしていたのだろうかと、思い知らされたのは十日ほど前だ。

天乃に偽の婚約者になってもらい、彼女を家に招いた数日後。午後十時頃、天乃が作ってくれたハンバーグが最高にうまかったなと思い返しながら軽く晩酌をしていた時、怒涛《どとう》の勢いでインターホンが鳴り始めた。

こんな時間に誰だ？と眉をひそめてモニターを確認すると、なにやら怒った顔の慎太がいる。何事だろうかと中へ通し、玄関のドアを開けた途端に胸倉《むなぐら》を掴まれた。

「なにをやってんだお前は――！　このばかちんがぁ！」

「え、なに、どっかの先生？」

般若《はんにゃ》のごとく顔を歪めてキレている慎太に、俺はわけがわからずされるがまま。シャツから手を離さない彼を、とりあえずリビングへ誘導したところでようやく解放された。

慎太も酒を飲んでいるようだったが、泥酔している風でもない。自分を落ち着けるようにひとつ息を吐き、コーナーソファにどかっと腰を下ろして俺を見上げる。

「天乃のことだよ。偽装婚約ってなんなんだ？　あいつをたぶらかしてるわけじゃないだろうな」

「……聞いたのか」

「ああ、ついさっき」

俺たちのことは、慎太たちには特に隠すつもりはない。おそらく飲みながら天乃が話して、こいつはその勢いでここへ来たんだろう。

こんなに怒っているところからして、慎太は相当天乃を心配しているようだ。ずっと仲よくしてきた友人としてなのだろうが、それだけではない感情も少なからず含まれているのかもしれないと、確かめるように彼を見つめ返す。

「お前、天乃のことが好きなのか？」

「はっ⁉　なんでそーなる！　俺が好きなのは、あ……っと、なんでもない」

今度はひょっとこみたいな顔になった慎太だったが、勢いでなにかを言いかけて濁した。小さく首をかしげる俺に、再び荒っぽい口調で投げかけてくる。

「つーか、それを聞きたいのはこっち！　夏生は好きなのかよ、天乃のこと」

その答えは、ずっと慎太の前では口に出すまいと思っていたが、今となっては遠慮する必要はないだろう。

「好きだよ。結構前から」

正直に告白すると、慎太は目を丸くして固まった。

「……マジ？」

「ああ」

はっきり認めると、彼の口元がだらしなく緩んでにやけ始める。さっきからひとりで百面相をしていて面白い。

「お〜そっかぁ……！　いや、そうなんじゃ？って思う時もあったけど、夏生ってどの女子にも当たり障りなく接するタイプだから、どっちなのかわかんなかったんだよ。なんだ、お前も恋してたのか〜」

さっきとは打って変わった嬉しそうな様子で、俺が晩酌のお供にしていたあたりめをつまむ。ここはお前の家か、と心の中でツッコみつつ、俺もソファに座って飲みかけの缶ビールに手を伸ばした。

慎太と恋の話をするなんていつぶりだろうか。学生の時すらたいしてしなかった気がするが、やつは遠慮なく深掘りしてくる。

「でも、だったらなんでずっと口説かなかったわけ？　妹の友達だから？」

「それはあんまり関係ない。年が一緒ってだけだし、秋奈も『天乃だったら兄貴を譲ってもいい』って言ってたし」

「あいつ、なにげにブラコンだよな……」

ブラコンは言いすぎだと思うが、昔から秋奈は俺にくっついてばかりでいまだに好かれている自覚もあるので、慎太と共に苦笑した。

秋奈がくっついていたのは俺だけじゃなく、天乃に対してもそう。実は、俺が天乃を名前でしか知らない頃から、彼女のことを延々と聞かされていたのだ。

秋奈は女同士で群れるのが嫌で、昔は今より尖った性格だったためクラスで孤立しがちだった。高校時代、それがエスカレートして、ある日嫌がらせを受けるようになったらしい。

それを後々聞いた俺は心配したものの、本人の表情はなぜか晴れ晴れとしていた。

なんでも、下駄箱に入れていた上履きに落書きをされて途方に暮れていたというのだが……。

『あ、この上履き私の！　ごめん、入れるとこ間違えた』

落書きに気づいた天乃が、突然あからさまな嘘を言った。ぽかんとする秋奈をよそに、彼女はなんとその上履きを履いてクラスに向かったらしい。

慌てて追いかけると、『ねえ、私の上履きこんなことになってたんだけど。ひどくない？　誰がやったんだろ』と皆に見せびらかしていて、落書きをした張本人は青ざめていたという。それ以来嫌がらせはなく、秋奈と天乃は急速に仲よくなった。

『嫌がらせなんて、別に平気だったんだけどね』と強がりながらも、秋奈の顔を見れば嬉しそうにしているのはあきらかだった。天乃は当時から粋なやり方をする子で、俺も感心したし、大事な妹を守ってくれて感謝もしていたのだ。

初めて天乃が家に来た時、秋奈のヒーローにやっと会えたような、不思議な感動を覚えたほど。

天乃は明るく天真爛漫で、自分の気持ちに従って奔放に生きている子。かといって周りに迷惑をかけるでもなく、むしろ人を思いやれる性格は尊敬するほどで、容姿も人並み以上に可愛い。

とはいえ、最初はそこに特別な想いはなく、あくまで妹の友達としてしか見ていなかった。

なのに、慎太も交えて会うようになったり、ひとり暮らしを始めた俺の部屋に秋奈と一緒に気ままにやってきて世話を焼いたりと、距離が縮まるうちに変わっていったのだ。

そのきっかけのひとつは、おそらく成人式の夜。患者を救えず落ち込む俺に、はっと目を覚ますような言葉をくれた彼女は、俺が思うよりずっと大人だったのだと気づかされた。

その頃から、誰に対するものとも違う感情を抱くようになっていったのだと思う。

彼女の型にはまらない言動は面白く、前向きさに救われ、笑顔に惹かれる。いつの間にか心の中に居座っていて、会わない時はなにをしているのだろうと考え、寂しくなる……そういう存在になっていたのだ。

「じゃあ、なんで？」

好きなのになんの行動も起こさなかった理由をもう一度問われ、俺は苦笑交じりに口を開く。

「天乃は慎太が好きなんだと思ってたんだよ」

長い間胸に秘めていたことを明かしてビールを呷《あお》ると、慎太はしばし瞬きを繰り返す。数秒の沈黙ののち、「えぇぇ⁉」と心底驚いてソファの背もたれにしがみついた。

「どっ、どーしてまたそんな盛大な勘違いを……」

「天乃たちの就職が決まった頃か。四人でバーベキューをしただろ。あの時、天乃がお前に言った言葉がたまたま聞こえてきたんだ」

『……好きだよ、すごく。慎ちゃんの会社に就職を決めた理由のひとつがそれだもん。少しでも力になれたらなって』

慎太に向かってそう言う彼女は、ほんのり頬を染めた乙女の顔になっていて、恋をしているのはあきらかだった。俺でもわかるくらいなのだから、きっと間違いない。

天乃は慎太の力になりたくて同じ会社に就職した。それほどこいつのことが好きなのだとわかると、心に灯っていた明かりが消えて真っ暗になるような感覚を覚えた。今思えば、あの瞬間に恋心を自覚したのかもしれない。

忘れられない彼女の言葉を口にすると、慎太は決まりが悪そうな顔になってくしゃっと頭をかく。

「あのなぁ、あれは……いや、俺が言っちゃいけないか。あいつから直接聞いてくれ。ってことは、ずっと天乃と俺に遠慮して身を引いてたのか？」

俺はまつ毛を伏せてふっと自嘲《じちょう》気味の笑みを漏らし、小さく頷く。

「ふたりとも大事な人だから、邪魔したり奪ったりしたくなくて、あえて考えないようにしてた。でもなにより仕事で手一杯だったから、本当に恋愛する余裕はなかったんだけどな。留学して一年いなかったし、いろんなタイミングが合わなかったんだよ、あの頃は」

当時二十七歳だった俺は、専門医の資格を取得する目前で、仕事以外のことに割く時間がまるでなかった。その前の年はアメリカに留学していたし、仮に告白していたとしても現実問題うまくいかなかっただろう。

天乃が幸せならそれでいい。そう思っていたのだ、つい数日前までは。

「でも、天乃が『婚約者のフリをする』って言ったことで、今好きなやつはいないと確信した。だったら俺のものにしたい、って気持ちが急に湧いてきて。ズルいやり方だけど、偽りでもいいから近い関係を作って、それが終わる前に俺のことを本当に好きにさせてやろうって決めたんだ」

胸に押し込めた恋心は、奥のほうで火種としてずっと残っていたのだ。愛しい彼女が風を吹き込んだことで一気に再燃したそれは、以前よりもさらに強く燃え上がっている。

偽装婚約なんて、皆を欺《あざむ》いている不誠実な方法だと重々承知している。俺たちの関係を本物に変えることができず、嘘だとバレた際には信頼が落ちるのももちろん覚悟の上で、天乃を手に入れるためのチャンスを掴んだ。

一人前の医者としてひとり立ちした今なら、彼女に悲しい思いをさせない自信がある。ふたりで幸せな家庭を作りたいという、絶対に無理だと諦めていた願望も芽生えている。だからどうか、俺を選んでほしい。

ふと気づくと、黙って聞いていた慎太が驚きと感動を含んだ瞳で俺を見つめていた。

「……すげぇ。夏生がそんなに本気になるなんて」

「俺も驚いてる。あいつが可愛くて、愛しくて仕方ないんだよ。あの日からタガが外れたみたいだ」

偽の婚約者となってから、彼女を本気にさせようと甘い態度を隠さないようにしているのだが、逆に俺のほうが日に日に虜《とりこ》になっている。どうしてこれまでなにもせず我慢できていたのか不思議なくらいに。

俺の本音を聞いた慎太は、うっすら頬を赤らめて目を逸《そ》らし「聞いてるこっちが恥ずかしいわ」と呟いた。しかし、すぐに真面目な表情になって目線をこちらに戻す。

「そういう考えで始めたんなら、黙ってお前たちを見守ることにする。これまで遠慮させて悪かったな。天乃とは同僚で友達ってだけだから、もう勘違いすんなよ」

恋愛関係を否定してくれて内心ほっとすると同時に、これまで無駄な我慢をしてきた自分に呆れた笑いをこぼして頷いた。

ただ、バーベキューの時の天乃の言葉は、本当に慎太に向けたものじゃなかったんだろうか。こいつがその気にならなかっただけ、っていうこともあるよな……と少々気になったものの、慎太がおもむろに腰を上げたので意識が逸れる。

「とにかく、あいつをちゃんと想ってるんだってわかって安心した。夏生の本心を知りたかっただけだから帰るわ」

「フットワーク軽いな……」

「干からびてる誰かさんとは違うんで」

彼はあたりめを一瞥して嫌みを口にするも、気分よさそうに口角を上げていた。

見送るため玄関までついていくと、彼は靴を履いた後、ふいに「なあ」と呼びかけて振り返る。その顔はいつになく真剣だ。

「いつまでもそばにいるとは限らないんだから、後悔しないようにしっかり繋ぎ止めておけよ。あいつのこと」

慎太の言う通り、人生はなにがあるかわからない。仕事柄、突然あの世へ逝《い》ってしまう人を何人も見てきたから重々わかっている。

約束の期間が終わっても手放すつもりはない。彼女も同じ気持ちになってくれるように、愛を伝えていかなければ。

「肝に銘《めい》じておく」

まっすぐ目を見てひと言返すと、慎太はどこか満足げに笑みを浮かべていた。

＊＊＊

あの後、慎太から【これまで引いてた分、どんどん押していいと思うぞ！】というメッセージが届いた。黙って見守ると言いながら、勝手なアドバイスをくれるところがあいつらしい。

とはいえ、花火大会でキスをしたのは押しすぎだったか……としばし悶々《もんもん》としていたが、偽装の関係を終えるパーティーは間近に迫っている。それくらいしないと、この短期間で俺たちの仲は進展させられないだろうと思い直すことにした。

キスをした日は天乃のぎこちなさが若干残るまま別れてしまったため、パーティーの前にもう一度会って普段の自分たちに戻りたい。そう思い、花火から三日後の日勤中、【今夜、一緒に飯食おう】とメッセージを送った。

どんな返事が来るか妙にそわそわしていたものの、向こうも休憩中だったのかすぐにスマホがポコンと音を立てた。

送られてきたのは、ゆるキャラっぽいバクのイラストの上に【ＯＫ！】と書かれた、俺があげたスタンプ。ほっとしたのもつかの間、彼女からのメッセージが続く。

【いいね！　また作りに行こうか？】

【ありがとう。嬉しい。天乃が大変じゃなければ】

【まあ、大変じゃないとは言わないけど（笑）】

茶化すような文章の後、【それでも夏くんには作ってあげたいって思うから】と胸がじんわり温まるようなひと言が送られてきた。

これだけで嬉しくて、自然に頬が緩む。本当に結婚して、毎日彼女の手料理が食べられるようになったら、どれだけ幸せなのだろう。

その日は比較的簡単な手術だけだったので定時に上がり、天乃の会社まで迎えに行った。帰り道に一緒に買い物をして、料理もできることを手伝う。

数十分後には、俺が見よう見まねで包んだ不格好な餃子と、天乃が包んだ売り物みたいな出来のそれがテーブルの上に並んだ。

ぎこちなさなどは一切ない楽しい時間で、俺の不安は杞憂《きゆう》に終わった。キスについてはお互いに触れなかったが、今日の目的は普段通りに過ごすことだったので、彼女が無理して俺と会っていないと感じられただけで十分だ。

そして、天乃の言っていたことがよくわかった。特別なことをしなくても彼女の隣にいるだけで——好きな人を笑顔にしてあげられるだけで、本当に幸せだと。

迎えたパーティー当日。俺は久しぶりにスーツに身を包んで天乃を迎えに行く。

一応彼女の両親にも挨拶をしようとインターホンを押すと、目元がよく似ているお母さんが笑顔で現れた。

「やだ、夏くん久しぶり〜！」

「ほんの数回しか会ってないのに友達ぶるのやめよ？」

胸の前で両手を振るお母さんの後ろから、天乃が呆れ顔でツッコむ。

確かに天乃のお母さんと会ったのは、お祖父さんの病気の時と、皆で遊んだ後天乃を送ってきた時の数回だ。当時から変わらずフレンドリーで楽しい人だなと、俺も笑って「ご無沙汰してます」と会釈した。

今日の天乃は、上品なブルーグレーのワンピース姿。歩くとスカートの裾がふわっと揺れ、露出は控えめでもレースの袖やデコルテが色っぽい。とにかく、なにを着ても可愛くてドキッとさせられる。

ハーフアップにした髪も一段と大人っぽく感じる。『どうにかして夏くんに釣り合う女性に見えるようにしたい』と意気込んでいたので、頑張ったんだなと思うとさらに愛しい。俺はそんなにたいそうな男じゃないし、天乃もそのままで十分魅力的なのにな。

白いパンプスを履く彼女と俺に、お母さんがにこにこして言う。

「パーティーを開くお友達がいるなんて羨ましいわぁ。いいものいっぱい食べてらっしゃい」

「ただの食いしん坊……」

「お母さんも一緒に行きます？」

苦笑いする天乃と、冗談で誘う俺。お母さんはおかしそうに笑い、「夏くん、イケメンな上に優しい～」と褒め称えた。

そう、今日は俺たちの共通の友人が開くパーティーに呼ばれている、という設定にしているのだ。さすがに親に偽装婚約をしているとは言えない。

ほんの少しの罪悪感を抱きつつも彼女を連れていこうとすると、お母さんがなにかに気づいて天乃を呼び止める。

「ちょっと天乃、首のホック留め忘れてる」

「えっ、嘘」

反射的に首元に手をやろうとした天乃は、途中で動きをぴたりと止めた。一瞬の間を置いて、なんとなく気まずそうにお母さんに背を向ける。

「お母さん、お願い。寝違えちゃって手が上がらないの」

少々まぬけな理由に、お母さんも俺もぷっと噴き出した。

「色気のない子ねぇ」

「食い気だけのお母さんに言われたくないですー」

母子のやり取りがなんだか微笑ましい。今日はお父さんと弟は板金屋のほうに行っているようでいないが、清華家は皆仲がよくて理想的な家庭だと思う。

今度こそばっちり支度を整えて玄関を出ていこうとすると、お母さんが声をかけてくる。

「いってらっしゃい。夏くん、天乃をよろしくね」

「ええ。お任せください」

なぜかどことなく心配そうに見えたが、自信を持って答えると彼女は安堵したように微笑んだ。

家を出て道路脇に停めていた俺の車に乗り込んでから、一応天乃に問いかけてみる。

「肩、湿布とか貼らなくていいのか？」

「あはは、大丈夫。湿布臭い婚約者とか思われたくないし」

「皆、病院で慣れてるから気にしないよ」

「そういう問題じゃない」

即行で返してくる彼女にクスクスと笑い、車を発進させる前にコンソールボックスに忍ばせていた小さな箱を取り出しながら言う。

「むしろ湿布臭いほうが男が寄ってこなくていいかも」

「そもそも寄ってきたりしないって」

軽く笑い飛ばす天乃は、まったく危機感がない様子。花火大会の時といい、こっちは気が気じゃないのだと内心文句をつけたくなりつつ、彼女の華奢《きゃしゃ》な左手を取る。

「天乃は自分の可愛さを自覚してないみたいだから、これをつけておいて」

不思議そうにする彼女の薬指に、緩いカーブを描く女性らしいリングを通す。花を模《かたど》った小ぶりの宝石が、細い指に可憐《かれん》に咲いた。

天乃が息を呑んで目を丸くする。

「っ、え、これ……！」

「宝石には詳しくないから、天乃に似合いそうだなって直感でこれにした」

淡いピンク色の半透明な宝石は、ロードクロサイトというらしい。あまり高価なものは今の俺たちには不釣り合いな気がして、そこまで値が張らないものにした。いつかオーダーメイドのちゃんとした指輪を用意して、プロポーズできたらいいのだが。

ありきたりな夢を密かに抱いていると、天乃が嬉しさと戸惑いが入り交じったような表情で言う。

「こんな素敵なもの……もらっていいの？　私は偽物の婚約者なのに」

「天乃がつけなきゃ意味ないだろ。おとなしく受け取って。俺のものだっていう証《あかし》だから、つけていてほしい」

宝石に似た色に頬が染まっていく彼女を見つめて微笑んだ。

そうして薬指に触れた時、指輪がくるくると簡単に回ってしまうのに気づく。サイズをきちんと調べたわけではなかったから、少し緩かったようだ。

「やっぱりドラマみたいにぴったりとはいかないな、悪い。まあでも、これは仮のものだから……」

そこまで言って目線を上げてはっとした。天乃の大きな瞳に涙が溜まっている。それは負の感情からくるものではなく、感極まって込み上げたもののように見える。

「ありがとう……すごく嬉しい。宝物だよ」

彼女は瞳を潤ませて微笑み、震える声を紡ぐ。指輪を顔に近づけてじっくり眺めると、右手でそっと包み込んだ。

決して高価ではなく、サイズも合っていない指輪なのに、こんなに喜んでくれるなんて。愛しさが急激に膨れ上がって、俺は自然に手を伸ばした。

頭を引き寄せ、額をコツンとくっつけた彼女に真剣な声で告げる。

「パーティーが終わったら、大事な話がある」

偽物の婚約関係は終わりにして、本当に愛していると伝えよう。俺を好きにさせられたのかはわからないが、もうこの想いを隠していられそうにない。

静かにくっついたままでいる彼女は、なにかを感じ取ったように一瞬の間を置いて「……わかった」と頷いた。


それからは一旦気持ちを切り替え、パーティーを乗り切ることに集中する。

横浜駅に近いラグジュアリーなホテルに到着し、受付を済ませて会場へ向かった。中へ入る前から医療関係者やその家族が歓談しているのが見え、天乃の表情はやや硬くなっている。

「仕事で関わった人もいると思うけど、やっぱり緊張する。うまくできるかな」

「大丈夫だよ、自然体で。俺たち、仲悪いわけじゃないんだから」

むしろいいほうだろうし、俺が天乃を好きなのは本当なのだから不自然さは出ないはずだ。手を握って微笑むと、いくらか緊張が解《ほぐ》れたように彼女の顔にもいつもの笑みが戻っていった。

今日のパーティーは、同じ科の人同士で円卓に座って食事をするらしい。会が始まる前にある程度挨拶を済ませておこうと、関わりのある人を見つけては次々に話しかけて天乃を紹介していく。皆とても好意的に接してくれて、天乃も次第に気がラクになってきたようだ。

同じテーブルに座ったのはベテランの脳外科医で、彼も家族を連れてきていたため和やかに歓談できる。偽の婚約者だというのを忘れてしまいそうになるくらい、俺たちは自然に笑って話していた。

院長は最初にスピーチもあるため姿が見えず、接触できたのは会食がスタートし、歓談の時間に入ってからだった。タイミングを見計らって、ふたりで院長がいるテーブルに向かう。

院長の隣には奥様と、さらに隣には娘の東雲さんがいる。先日の一件があるので天乃もさぞ気まずいだろう。若干笑顔が強張っている。

それに対し東雲夫妻は、俺たちが近づいていくとぱっと表情を明るくして迎えてくれた。

東雲さんの告白を完全に断った後、俺は院長に事情を説明しに行ったのだが、彼のほうから謝られてしまった。

『娘から聞いたよ。心に決めた人がいるとは知らず、結婚話なんかを持ちかけて悪かったね。私に気を遣って言えなかったんだろう？』

『いえ、結局娘さんに嫌な思いをさせてしまったので……こちらこそ申し訳ありませんでした』

『いいんだよ、私が娘を甘やかしすぎてしまうのがいけないんだ。女房にも〝余計なことするんじゃない！〟って叱られたよ』

こちらも謝罪したものの、院長は気にせず自分に苦笑していた。

妻や娘には強く出られないところが、人間味があってまたいい。心臓外科の権威と言われるほどの名医でありながら、奢《おご》りもせず謙虚さを失わない素晴らしい人だ。

「お疲れ様です」といつもの挨拶をしてから、院長と夫人の前で天乃の腰にそっと手を回し、先ほどから何度も口にしている言葉で彼女を紹介する。

「彼女が私の、誰より大切な人です」

俺は今日、あえて婚約者とは言っていない。皆を欺いていることに違いないが、今口にした言葉は本物だ。

天乃は俺の本心だと気づいていないだろうが、少し照れた笑みを浮かべて会釈する。

「はじめまして。清華天乃と申します」

「天乃さん、会えて嬉しいよ。芹澤くんは本当に優秀な医者だから、家庭でも支えてあげてください」

「今度ぜひウチにも遊びにいらして。ドクターの奥様たちとはよく交流してるの」

和やかな院長と夫人にそう言われた彼女は「はい。ぜひ」としっかり返事をしていたものの、わずかに複雑そうな表情をかいま見せたのが俺にはわかった。本当に結婚するわけではないと思っているのだから当然だ。

この関係を本物にしたいとなおさら強く思っていると、院長はやや声を潜めて俺に向かって言う。

「さすがに娘も観念しただろう。芹澤くんのことは諦めるはずだ」

「お父さん、私のことを言ってるでしょう」

静かに食事していた東雲さんがすかさず入ってきて、俺たちはギクリとする。じろりと目線を送られた院長は、怯えたように肩をすくめて「地獄耳……？」と呟いた。

淡いすみれ色のパーティードレスを纏った彼女は、食事をする手を止めて憂いを帯びたため息をこぼす。

「今、なんとか諦めようとしているところよ。これでも反省してるの。婚約者さんがいるのに、私なにやってたんだろうって。マウントを取られても仕方ないわよね」

「マウント？」

院長と夫人が首をかしげ、天乃はきっと冷や冷やしているだろう。皆まで言わなくていいっていうのに、このお嬢様は……。まったく悪気はなさそうなので、天乃の言う通り天然なのだと思うが。

一瞬口の端を引きつらせた天乃だったが、自分から東雲さんのほうに歩み寄り丁寧に頭を下げる。

「東雲さん、この間は本当にすみませんでした。嫌な思いをさせてしまって」

「いえ、私こそ。芹澤先生はちゃんと断っていたのに、そこで引かなかった自分が悪いんです」

ぎこちない笑みを作る彼女は、自分の気持ちに折り合いをつけようとしているらしい。天乃に敵対心を持つような子ではなくてよかったと、内心ほっとする。

「ただ、まだあなた方を祝福する気にはなれなくて……すみません」

彼女は目を合わせられない様子で、俯き気味に軽く頭を下げる。俺と天乃は一度目を見合わせ、静かにお辞儀をしてその場を離れた。

東雲さんはこれからまだまだ恋はできるだろうし、俺よりもっと自分に合う人を見つけてほしい。

そうして自分たちの席に戻る前に、心臓血管外科の凄腕ドクター、明神《みょうじん》先生に会った。五歳年上の彼は、若くして難しい症例をいくつもこなしていると脳外科でも有名で、俺も尊敬している人のひとりだ。

イケメンなのに表情筋が死んでいると言われるほどクールな人なのだが、数年前に図書室の司書をしている伊吹《いぶき》さんと結婚し、今や一児のパパ。最近は雰囲気がだいぶ柔らかくなったので、順風満帆なのだとわかる。

彼も俺に気づいて軽く手を上げ、一歳半ぐらいの息子と手を繋いだ伊吹さんも笑顔を見せた。

「こんばんは。明神先生もいらっしゃってたんですね」

「ああ。妻共々、あんまりこういう場は好きじゃないんだが、息子の可愛さを皆に見せたくて」

「久夜《ひさや》さん、正直に言いすぎ」

淡々とした先生に伊吹さんがツッコむものの、ふたりの子供は本当に可愛い。小さな手を伸ばしてくる彼とタッチして、顔の締まりがなくなってくるのを自覚しながら、

「先生がすっかり子煩悩になったのもわかります」とこぼした。

天乃も挨拶をして、伊吹さんに抱き上げられた男の子に〝いないいないばあ〟をして遊んでいる。子供と関わっている場面を見ると、どうしても自分たちの理想の未来を想像してしまう。

「めちゃくちゃ笑ってくれる～。人懐っこくて本当に可愛いですね」

「私はすごい人見知りだから不思議なんです。誰に似たんだろう、この子」

そう言って笑う伊吹さんと楽しそうに話す天乃を微笑ましげに眺めていると、明神先生が少し顔を近づけて囁《ささや》く。

「彼女だったんだね、芹澤先生にとっての〝高嶺の花〟は」

先生までもが俺の片恋事情を知っていたのかと驚きつつ、苦笑を漏らして「そうです」と認めた。彼もふっと口元を緩め、天乃に視線を向けて続ける。

「彼女、ヨージョー食品に勤めてるんだろ？　栄養士さんが『清華さんはすごい』って一目置いてた」

「心臓外科のほうでも話に出るんですね」

天乃の仕事ぶりがそこまで評価されているとは思わず、俺は目を丸くした。

管理栄養士も俺たち医療チームの一員となって患者のサポートをしているので、栄養状態を情報共有する機会が多々あるのだが、その時に俺も天乃のことは聞いていた。

なんでも、全然食事をしなかった患者が、天乃が薦めた栄養食を試したら少しずつ食べてくれるようになったらしい。彼女が自社商品についてよく理解し、栄養士の悩みを親身に聞いて、患者が一番食べやすく欲しているものを提案したおかげだろう。

天乃が働き始めてしばらく経ってその話を聞き、俺まで嬉しくなったし、一生懸命な彼女を誇らしく思った。

「俺も、人として尊敬してますよ。そういう子だから、好きになったんです」

心の内がそのまま言葉になって、自然に口から出てくる。そんな俺を見て、明神先生は穏やかな笑みを湛《たた》えていた。

食事を終えた人たちでだいぶ賑やかになってきた中、席に戻る明神先生一家を天乃と共に見送る。

「息子ちゃん可愛かった〜。明神先生夫妻もすごくいい人で……ん？　どうかした？」

にこにこしていた天乃は、俺が見つめているのに気づきキョトンとして首をかしげた。「ちょっと気分転換するか」と言い、彼女の手を引いて会場の外へ出る。

比較的静かな廊下で、窓から夜景を見下ろしながらしばし話をする。

「明神先生、天乃の名前を知ってたよ」

「えっ、なんで？」

「栄養士さんから聞いたらしい。営業の有能っぷりを褒めてたって」

「ほんとー!? 超自己満なオススメをしてただけなんだけど」

半信半疑な様子にクスッと笑い、今しがた思い出した患者の話をする。以前にも伝えていたことだったので、天乃も覚えていたらしく穏やかに目を細めた。

「そういえばあったねぇ。あれは私も嬉しかったな」

「エースの座は慎太から天乃に譲ろう」

「やったー」

ふざけてガッツポーズを作る姿も可愛くて笑っていると、彼女は少しだけ真面目な表情になって言う。

「なにもすごいことはしてないよ。寝たきりの人も、流動食しか受けつけない人も、どんな人にも食事の時間を楽しんでもらいたいだけで。美味しいものを食べると元気になるでしょ?」

にこっと微笑みかけられ、胸の奥がくすぐられる。彼女のこういう温かな部分に触れるたび、好きだなと思うんだ。

しかし本人は素敵な発言をした自覚はないようで、斜め上に目線を浮かせて小首をかしげる。

「って、なんかアホっぽい？」

「ちょっとね」

「否定して」

軽いやり取りが楽しくて終始顔をほころばせ、愛しさを込めて天乃を見つめる。

「俺は好きだよ。天乃の、そういう単純で前向きな考え方が」

俺と目を合わせた彼女は一瞬固まった後、じわじわと頬を赤く染め、恥ずかしそうに「ありがと」と呟いた。

……あ、今のは告白みたいなもんだったか？と気づくと同時に、天乃が急にぴしっと背筋を伸ばす。

「わ、私、トイレに行ってくるね！　夏くん、先に戻ってて」

「あ、あぁ」

あたふたした調子でロボットのように動き出す姿にぽかんとしていたものの、彼女の耳が赤くなっているのに気づいて口元が緩んだ。

好きだと口にしたのは初めてだが、あれだけで照れるなんてどこまでウブなんだか。

天乃自身のことも愛していると告げたらどんな表情を見せてくれるのだろう。

早く会を終えてふたりきりになりたい。その逸る気持ちを抑え、ひとり会場の中に戻った。

──ところが、十分ほど経っても天乃は戻ってこない。歓談の時間が一旦終了し、これから余興の一環で、白藍総合病院の歩みを紹介する動画の上映が始まるというのに。

それからしばらく待っていたが、なんとなく不安になって静かに会場を抜け出した。トイレはやや離れた場所にあるから迷ったのだろうか。天乃は俺と違って抜けているところは少ないし、案内表示もあるから考えにくいが……。

そう考えながら向かっていた時、前方から東雲さんがやってきた。なにか知っているかもしれないと思い、声をかける。

「東雲さ──」

しかし呼び止めようとした瞬間、彼女は俺を避けるように顔を俯けて軽く会釈し、横を通り過ぎてそそくさと会場へ向かってしまった。

なにか様子がおかしいと直感したものの、今は天乃のほうが心配なので再び足を進める。トイレの近くまで行くと、廊下にあるひとり掛けのソファに腰を下ろしている彼女を見つけた。

ほっとして「天乃」と呼びかけると、彼女はビクッと肩を震わせてこちらを振り向いた。その表情がどことなく怯えたような、不安げなものになっている気がしてすぐに駆け寄る。

「夏くん……！　ごめんね、こんなとこにいて」

「いや、どうかしたのか？」

「ちょっと食べすぎたみたいで、急に具合悪くなっちゃって。結構量多かったよね」

お腹のあたりをさすってへらっと苦笑いする天乃は、なんだか空元気な気がする。さっきまでなんともなさそうだったのに、急すぎやしないか。

違和感を覚えて眉をひそめるも、彼女は明るく笑って立ち上がる。

「でも、もう平気！　ご心配おかけしました」

「本当に？　無理するなよ。つらいならもう帰る――」

彼女の腰に手を回そうとした時、スラックスのポケットに入れていたスマホが振動し始める。スマホを取り出すと白藍からだった。天乃が「出て出て」と言うので、申し訳ないが通話ボタンを押した。

今日はパーティーなので、病院は最低限の人員で回している。脳外科に救急の患者が来ることはそこまで多くないが、このタイミングで連絡が来るとは。

患者の容態を簡単に聞き、電話は繋いだままにして天乃に確認する。

「悪い、救急で呼び出しがかかった。……具合は本当に大丈夫か？」

「大丈夫！　患者さんを優先して」

先ほどの不安げな様子はなく、しっかりと答えてくれたのでいくらか安堵する。彼女を信じて小さく頷き、「わかった。すぐ向かうからオペの準備をしておいてくれ」と告げて通話を終了した。

「本当にごめん。パーティーは俺と一緒に天乃も抜けるって言っておく。ひとりで帰れるか？」

「帰れるよ！　子供じゃないんだから」

過保護な俺に、天乃は呆れ気味に笑った。そんな彼女の頭に手を伸ばす。

「大事な話はまた後日な。絶対埋め合わせする」

延期になってしまい、もどかしさを抱きながら髪をそっと撫でた。天乃はすぐに真面目な面持ちになって頷く。

「うん。私のことは気にしないで、患者さんを救ってあげてね」

意識を医者へと切り替えてくれる言葉に俺も頷き、荷物を残していた会場に一旦戻るべく走り出す。彼女は凛とした笑みをわずかに浮かべて見送っていた。

離れがたいのはいつものことだが、今日はやけに後ろ髪を引かれる。さっきの東雲さんの態度や天乃の様子が気になって、ひとりにしてはいけないような、漠然とした胸騒ぎを覚えるのだ。

しかし、助けを必要としている患者を見捨てる選択肢など、俺の中には存在しない。

邪念を捨ててホテルを飛び出し、病院へと急いだ。

最期の日まで、あと一年半

婚約者を演じるためにあなたがくれた指輪は、私の宝物だよ。

気をつけないと落としてしまいそうなくらい緩いけれど、なによりも輝いていて綺麗。あなたが私のことを考えて選んでくれただけで、本当に嬉しかった。

この指輪を見るたびに、かけがえのない一カ月を思い出す。

それはとびきりの幸福に満ちていながら、絶望の淵《ふち》に引き込まれそうな闇がつきまとう日々だった。

＊＊＊

『俺は好きだよ』

今しがた夏くんが紡いだひと言が、頭の中で繰り返し響いている。舞い上がりそうになった私は、慌ててトイレへと逃げてきてしまった。

もちろんわかっている。夏くんが好きなのは私の考え方であって、私自身ではないって。わかってはいるけれど、そんな風に言われて嬉しくならないわけがない。

花火大会でのキス以来、夏くんがなにを考えているのかがわからなくなって、表面上は普通にしていても内心悶々としていた。けれど、今の言葉は偽物の婚約者としてではなく、たぶん本心でくれたものだと思う。

愛の告白ではなくても、彼の心からの声が聞けてよかった。

誰もいないトイレの中、用を足して手を洗い、薬指につけた宝物をじっくりと見つめる。

ちょっと緩くて、気がつくと綺麗な宝石が横を向いている指輪。こういうものには絶対無頓着な夏くんが私のために選んだのだと思うと、完璧じゃないところが逆にとても愛しく感じる。

婚約者を演じるための、ただの小道具として用意したのかもしれない。だとしても、私にとっては彼からのプレゼントに違いないから、ずっと肌身離さず持っていよう。

指輪を身につけているだけで心強く感じ、パーティーも無事に乗り切れそうでほっとする。ただ、夏くんの〝大事な話〟っていったいなんだろう。

もう少し偽装の関係を続けてほしい……とか？　いや、続ける理由が浮かばないし、きっとこの関係はここまでよね。

幸せな時間が終わりに近づいていることを実感すると、胸が苦しくなる。でもこれは初めから決めていたことだし、素敵な思い出もたくさん作れた。それで十分だと改めて言い聞かせ、指輪をそっと撫でてトイレを後にした。

ところが、会場に戻ろうと廊下を歩き始めた直後、ふと壁にかけられた案内図を見て違和感を覚えた。

え？　なにこれ……日本語、だよね？

このフロアのどこになにがあるかが記されているはずなのに、なんと書いてあるのか読めない。会場の名前も、ただ文字が羅列しているだけに見える。

胸騒ぎがして、念のためバッグの中に入れていた招待状を取り出してみる。

それを見て愕然とした。文章がまったく読めないのだ。

なんで？と軽くパニックに陥りそうになった時、「あ、清華さん」と呼ばれてぱっと顔を上げた。

振り向くと、長い髪を編み込みにしたお姫様のように可愛らしい東雲さんもトイレから出てきていた。反射的に笑顔を作り、会釈をして〝どうも〟と返そうとした瞬間にまた異常に気づく。

言葉が出てこない。声が出ないのではなく、どうやって言葉にすればいいのかわからないという感じだ。

嘘、やだ、怖い……どうしたらいいの？

「人が多くて疲れませんか？　私も挨拶してばっかりで、もうちょっとゆっくりご飯食べたかったです」

東雲さんは若干気まずそうにしつつも、愛想よく話しかけてくれる。きっとなんとか普通に接しようとしているのだろう。

私もそうしたいのに、笑顔は強張るし、ぎこちなく頷くので精一杯。心臓はドクドクと波打ち、冷や汗が流れる。

そんな私の異変に、東雲さんが気づくはずもない。彼女は小さなため息を漏らして伏し目がちになり、憂いを帯びた笑みを浮かべる。

「……やっぱり羨ましいです。芹澤先生にあんなに想われてるなんて。いつからのお付き合いなんですか？」

たぶん、そう聞かれているのだと思う。かろうじて理解はできるけれど、はっきり聞き取れない。答えも頭に浮かんでいるのに、口を開くだけで言葉にできない。

血の気が引くのを感じて俯く私に、東雲さんが首をかしげて「清華さん？」と呼ぶ。さすがになにかおかしいと感じたのだろう。怪訝そうに次々と質問を投げかけてくる。

「おふたりはどんなデートをするんですか？　プロポーズの言葉は？……答えられないんですか」

彼女の声がどんどん暗澹《あんたん》としたものに変わっていく。都合の悪い質問に私がだんまりを決め込んだと思っているに違いない。

適当に答えることすらできず、俯いたままでいるしかない私に、彼女は猜疑心《さいぎしん》に満ちた声を投げかける。

「清華さん、本当に芹澤先生と婚約しているんですよね？」

核心を突かれ、心臓がドクンと重い音を立てた。

一瞬ためらうも、ここで認めなければ夏くんの迷惑になると自分に言い聞かせて首を縦に振る。しかし、彼とのことをなにも答えられない私がそうしたところで、東雲さんは信じないだろう。

その予想通り、「……そうですか」と返した彼女の声は暗く、上辺だけのように感じる。

「もしもおふたりの婚約になにか裏があるのだとしたら、芹澤先生を好きな立場からすると納得できません。彼はそういうことをしない人だと思っていたからちょっとショックですけど……それでもやっぱり好きなんです。チャンスがまだ残されているなら、もう少し悪あがきさせてもらいます」

私を敵と捉える鋭い瞳を向けられ、ぐっと胸が苦しくなった。

そう思うのは当然だろう。皆に嘘をついているのだから、責められても仕方ない。

立ち尽くす私に小さく頭を下げ、東雲さんは会場へと歩き出す。私は近くにあったソファに力が抜けたように腰を下ろし、しばし呆然としていた。

今の状態では会場に戻れない。かといって、このままここにいたら夏くんは心配するだろう。

とりあえず、恐る恐るもう一度招待状を開いてみる。すると、さっきまで意味をなさなかった文字が普通に読めるようになっていることに気づいた。

治った？と目を開いた直後、「天乃」と呼ぶ声が響いてはっとする。そちらを見やり、心配そうにする夏くんが駆け寄ってきてギクリとしたものの――。

「夏くん……！」

自然に名前が口から出てきて、心底ほっとした。そうか、今みたいな症状は長くは続かないんだと、いくらか冷静になって分析する。

咄嗟に食べすぎで具合が悪くなったことにして、なんとかごまかした直後、病院からの電話で夏くんに呼び出しがかかった。いつもなら彼と離れるのは名残惜しいが、今日ばかりはよかったと思ってしまう。

走り去る彼を見送り、私は再びソファに身体を沈めた。

……ついにここまで症状が出てしまったか。原因はわかっているし、いつかはこうなると覚悟していたけれど……、実際に体験するとものすごく怖かった。

私の頭の中にいる〝悪魔〟が、すべてを食い尽くす日は近いのかもしれない。

＊　＊　＊

些細《ささい》な違和感を覚えたのは、六月に入った頃。

肩こりのような強張りを感じる日が続き、マッサージをしたり湿布を貼ったりするようになった。軽い頭痛も頻繁に起こっていたが、薬を飲めばラクになっていたので肩こりからきているのだろうと思っていた。

ところが肩の強張りは一向によくならず、手が上がりづらくなる時もある。一度整体にでも行ったほうがいいかな、なんて考えていたある日、手が硬直したように完全に動かなくなった。

その瞬間、ふとひとつの可能性が頭をよぎった。祖父が脳卒中の一歩手前だった時も、手に異常が出ていた。もしかして、原因は脳？

考えすぎだろうか。でも念のため受診したほうがいいかな……と、悩みながら早めに仕事を終えて帰宅する最中、なにもないところで急につまずいて転びそうになった。

よろけてすぐそばの電柱に手をつき、考え事もほどほどにしないと、と反省したその時。

「大丈夫かい？」

私の失態を目撃したらしき六十代後半ぐらいの小柄な男性が声をかけてくれて、私は笑って恥ずかしさをごまかす。

「あはは、大丈夫です。ありがとうございます」

「いやいや。ちょっとお嬢ちゃんの歩き方を見ていて気になったんだけどね、こうやってつまずくことはよくあるのかな？」

短い白髪にグレーの口髭《くちひげ》を生やしたとても物腰柔らかな印象の男性は、穏やかにそう問いかけてきた。完全に初対面だけれどまったく不審な感じがしない人で、私も自然に答える。

「そういえば、この間も転びそうになりました。おっちょこちょいですね」

「ふむ。足だけじゃなく、手も片側だけ動きづらくなることはない？　頭痛や、物忘れすることは?」

彼はふんふんと頷いてさらに質問を繰り出してきたのだが、思い当たるものばかりで私は目を丸くする。

「肩こりと頭痛は結構あります。物忘れは……言われてみれば、人の名前とか行った場所の名称とかがすぐに出てこない時は最近多いかも。え、どうしてわかるんですか?」

この人はエスパーなのか?と本気で疑うほど驚いていると、彼が纏う空気がわずかにきりっとしたものに変わった気がした。しかしそれは一瞬で、彼はにこりと微笑む。

「よし、わかった。今ちょっと時間あるかい? 診てあげるから僕についておいで」

「えっ」

「僕ね、クリニックの院長をやってるの」

意外すぎる職業が飛び出して目が点になる。お茶目な可愛いおじいちゃんかと思ったら、なんとお医者様だったらしい。

「院長さん、なんですか⁉」

「こう見えてそうなのよ。すぐそこだから、健康診断を受けるくらいのつもりで気軽に来とくれ。今日休診日なんだけど、お嬢ちゃん可愛いから特別に開いちゃう」

「あ、りがとうございます……？」

勢いでお礼を口にしたものの、本当についていって大丈夫なんだろうかと不安がよぎる。いやらしさは感じないけれど、これでただの変態おじいちゃんだったらどうしよう。

いざとなったら走って逃げるぞ、と半信半疑でついていくと、五分も経たないうちにオレンジ色の屋根の建物が見えてきた。そのクリニック名を見てドキリとする。

脳神経外科だ。できれば外れてほしかった自分の予想が当たってしまったかもしれないと、一気に緊張が高まる。

でも、この機会に検査してもらったほうがいいよね。脳に異常がないとわかれば多少安心できるし。そう前向きに考えて、綺麗で温かみのある院内に足を踏み入れた。

クリニックの名前からして、おじいちゃんは柏《かしわ》先生というらしい。私しかいないその空間で、彼はひとりでさくさくと検査の準備を進めていく。そして私は戸惑っている暇もなく採血され、人生初のＭＲＩ検査を受けた。

……きっと大丈夫。異常があったとしても深刻なものではないはず。だって私、手足以外は元気だもの。

きっと先生は大勢の患者さんを見てきたから少し私の症状が気になって、問題がないと確かめるために声をかけたのよね。ここまでしてくれるなんて、すごくお人好しの先生なんだな。

独特な大きな音と振動を感じながら、不安に負けないよう自分に言い聞かせてじっと終わるのを待った。

しかしその後、診察室のパソコンに映し出されたMRI画像を見た瞬間、私は凍りついた。

脳の真ん中よりの部分に、はっきりと白いもやがある。医療のことはなにも知らない素人でも、これはあきらかに異常だとわかるほど。

「え……先生、これって」

「うん、よくないものがいるね。大きさは三センチぐらいかな。頭痛や手足の軽い麻痺は、これのせいで起こっていたんだ」

真剣な様子でいくつかの画像を見比べる柏先生は、先ほどまでの朗らかさを隠した厳しい表情で告げる。

「これはおそらく、脳腫瘍だね」

――一瞬、すべての音が消えて気が遠くなるような感覚を覚えた。

夏くんの話にその病名はたびたび登場していたし、病院に営業に行った時も耳にしていたからなんとなくわかる。脳腫瘍は脳のがんとも呼ばれる、比較的珍しい病だと。

まさか、私の頭の中にそれがすみついていたなんて。

にわかには信じられない。けれど、こうしてはっきり画像に映っているのだから、疑いようのない事実なのだ。

でも、まだ詳しいことはなにもわからない。一度軽く深呼吸してドクドクと鳴る心臓を落ち着かせ、真っ先に浮かんだ疑問をわずかに震える声で口にする。

「腫瘍……ってことは、良性と悪性があるんですよね？　これはどっちなのかはわかるんですか？」

「もっと詳しい検査をしないと、確かな診断はできない。ただ、僕が見てきた症例からある程度推測することはできるよ」

ごくりとつばを飲む私に、先生は優しい表情に戻って「ご家族を呼んで一緒に聞いてもらうかい？」と尋ねる。その時点で、この腫瘍は決して簡単に治るものではないということがわかった。

今すぐ聞いてはっきりさせたい気持ちと、ひとりで聞いてしっかり受け止められるだろうかという不安が入り交じる。しかしどこか妙に冷静な自分もいて、今が特別に作ってもらっている時間だと気づく。

「すぐにでも聞きたい気持ちはヤマヤマですけど、今から家族を呼ぶのでは時間がかかっちゃいます。先生もお休みなのにこうして診てくださっているんですし、また明日、家族と一緒に来ます」

さっきよりもしっかりとした声で言うと、先生はキョトンとした後、ふっと口元をほころばせた。

「天乃ちゃんはすごいなぁ。若くしてこんな病気が見つかったら自分のことでいっぱいいっぱいになるだろうに、僕なんかのことを気にしてくれて。君の中でならこいつもおとなしくしてるかもしれないね」

MRIの画像を指で軽くトントンと叩く彼に、私もほんの少し張り詰めていた神経が緩む。

でも、私はそんなにできた人間じゃないんです、先生。まだどこか他人事で、きちんと受け入れられていないだけなんですと、心の中で呟いていた。

一度は出直そうとしたものの、柏先生は本当にお人好しで「今からでも僕は一向に構わんよ。天乃ちゃんとご家族の好きなように」と言ってくれたので、一応家に電話してみた。

母は脳腫瘍と聞いただけでパニックになりそうなほどだったが、早く知って治療を進めたいとのこと。父はまだ仕事中で、今の状態の母ひとりで来るのは心配なので、弟に車で送迎してもらうことになった。

三十分も経たずにやってきたふたりはとても心配そうで、やや気まずい。四歳下の弟の楓《かえで》も、「ぼーっと待ってられるわけねーじゃん」と院内にまでついてきた。ウェーブパーマをかけたマッシュヘアが今時の子という感じで、性格もややドライな弟だが、家族や友達を放っておけないタイプなのだ。こんな時にその優しさを実感するなんてね。

さっそく診察室に案内されたふたりと一緒に、また緊張が舞い戻ってくるのを感じながら私も椅子に座った。柏先生は「いいですか。これは確かな診断ではなく、あくまで所見ですからね」と前置きして説明を始める。

「MRI画像のここ、白いもやの境目がはっきりしていないでしょう。これは浸潤《しんじゅん》性《せい》といって、腫瘍が脳内に沁み込むように成長していることを表すんです。この特徴的な映り方からして、おそらくグリオーマかな」

「グリオーマ……それは良性なんですか？」

母が望みを賭けたような面持ちで問いかけ、私と楓も息を呑む。先生はひと呼吸置いて口を開く。

「残念ながら、悪性の部類に入ります」

……目の前が暗くなるような、全身から力が抜けるような感覚に陥る。

なんとなく悪いんじゃないかという気はしていた。でも実際に告げられると、やっぱり衝撃は大きい。

母は「そんな……」とか細い声を漏らし口元に手を当て、楓も言葉を失くしていた。

柏先生は当然ながら冷静に私たちを見つめ、「ですが」と言葉を繋げる。

がんは進行度をステージで表すが、脳腫瘍の悪性度はグレードというもので分類され、それが低ければ予後は比較的いいとされている。これは実際に腫瘍を採り、病理診断をしてみなければわからないと説明してくれた。

予後というのは余命とほぼ同じ意味だと、いつだったか夏くんが言っていた。私が今一番知りたいのはそこだ。

「予後はどのくらいなんですか？　一般的な統計でいいので、教えてください」

震える手をぐっと握って問うと、先生はまっすぐ私を見て告げる。

「悪性の中で一番低いグレード2だと、五年生存率は七〇％程度だと言われている。余命は平均五年から十年だね。グレード3だと平均三年、グレード4は一年半に満たない」

最悪の場合、私はあと一年半も生きられない——。想像以上の短さに、さすがになんの反応もできなくなった。

来年も再来年も、当たり前に生きているものだと思っていた。家族と毎晩ご飯を食べて、真面目に仕事して、いつもの皆とバカ話して笑い合っているんだろうなって。それでいつかは結婚して、子供も産むんだろう。夏くん以上に好きな人ができる気はしなかったけれど、ただ漠然とそんな未来が頭にあった。

でも、一年半後も普通に生活している保証はない。結婚どころか、女として愛される幸せすら知らないまま死ぬかもしれない。突然時限爆弾を仕掛けられたようで、とてつもない恐怖に襲われる。

未来が訪れるのは決して当たり前のことではなかったんだ。今さらそう気づいて絶望を感じる私に、柏先生が顔を覗き込むようにしてしっかりと言い聞かせる。

「これは平均でしかないからね。余命宣告をされても、もっと長く生きている人もいる。悪性だとしても諦めるのは早いよ」

力強い声をかけられ、ほんの少しだけ勇気づけられる。そう、まだどれくらいの悪性度なのかはわからないのだから、悲観してばかりはいられない。

それからも一般的な治療方針やセカンドオピニオンなど、今の時点で気になっていることを聞けるだけ聞き、先生はすべて丁寧に答えてくれた。まずは手術で腫瘍をできる限り取り除き、残った部分には放射線治療を行って小さくしていくらしい。

ただ、私の場合は大事な神経がある難しい場所に腫瘍ができていて、無理に取り除く選択はしないのだそう。手術するにしても、高度な技術を持った医師と、設備が整っている病院でなければできないという。

「手術できるとしたら白藍総合病院かな。難しい症例もたくさんこなしているし、ドクターも信頼できるから」

白藍の名が出て、私はギクリとした。白藍に行ったら確実に夏くんに知られてしまうが、それでいいのかと迷いが生まれる。

内心ためらう私に対し、真剣に話を聞いていた楓が納得した様子で賛同する。

「俺もいいと思う。じーちゃんが通院してたのも白藍だったし、対応がいいって言ってたよな」

「そうね。他にも一応調べてみますが、まずはそちらに伺いたいと思います」

いくらか落ち着いてきた母もそう答え、先生はうんうんと頷いた。

楓の言った通り、祖父は夏くんが最初に異常に気づいてからずっと白藍でお世話になっていた。だから、私も家族も白藍のよさはよくわかっている。けれど……。

「白藍の脳外科には、若いのにかなり優秀な腕を持った子がいるんですよ～。僕のお墨つき。今そこの紹介状を――」

「あの！」

咄嗟に声をあげた私に、皆が驚いて口をつぐむ。

「すみません、白藍以外に手術を受けられる病院は本当にありませんか？」

ふたりが納得しているのに、私が拒否するとは意外だっただろう。柏先生も戸惑いを露わにしている。

「白藍以外となると、なかなか難しいと思うよ。この場所は手術自体しないという医者も多いくらいだから、他の病院へ行っても断られてしまうかもしれない」

そんなに最悪な状態なんだ……。どのドクターもお手上げだなんて、悪性度がどうであれ死を待つしかないじゃない。

気持ちが地の底まで落ちていく。けれど、逆に迷いがなくなった。

「……難しいことはわかりました。でも、白藍にはどうしても病気を知られたくない人がいるんです」

母と楓はなんとなく感づいたかもしれない。私が夏くんと仲よくしているのを知っているから。

夏くんなら、この先私がどうなるかもすべてわかる。どれだけ手を尽くしても助けられないとなったら、きっと医者である自分を責めるだろう。

彼は情に厚い人だ。患者ひとりひとりにとても親身になる人だから、患者が友達となれば余計につらくなるだろう。私のせいで彼を苦しめてしまったら絶対に後悔する。

そう、白藍に入院したら私は彼の〝患者〟になるのだ。結ばれることはないとしても、私は最期まで女として見られていたい。それがたとえ妹のようなものでもいいのだ。彼のためにも、自分のためにも、医者と患者という関係にはなりたくない。

母からも説得されたが私の気持ちは変わらず、最終的に本人の意思を尊重しようという流れになった。手術してもらえるかはわからないがこちらも信頼できるとのことで、東京《とうきょう》の大学病院を紹介してくれた。

柏先生は「僕が勝手に連れてきたんだからお代はいつでもいいよ」と言ってくれたが、そこまで甘えるわけにはいかない。きっちり支払いを済ませて何度もお礼を言い、クリニックを後にした。

楓の愛車に乗り込んでからも、まだ現実味がなくてこれは夢なのではないかと思ってしまう。

後部座席に母と一緒に座ると、母のほうが病人なんじゃないかというくらい青白い顔をして、私の手をそっと握ってくる。

「今は具合悪くない？」

「大丈夫。普段もたいしたことないんだよ。頭痛も続いてたけど軽いし、肩が痛くて手が上がりづらいなってくらいで。腫瘍の場所によっては視力が悪くなったりするみたいだし、最初は脳が原因だなんて思わないよね」

ふたりを待っている間に柏先生が教えてくれたことを明るく話すも、母は到底笑えないようだ。

でも、この程度の症状で病気が発覚したのは、本当に不幸中の幸いだろう。

「いろんな病院に行っても原因がわからないってなる前に、柏先生が見つけてくれたのは奇跡みたいなものだよ。現役時代はすごい人だったんじゃないかな」

私の歩き方や転びそうになったところを見ただけで脳腫瘍を疑う鋭さもそうだけれど、わざわざ検査してくれる人間性も素晴らしいと思う。今は平然と運転している楓も、前を見たままざっくばらんに言う。

「ただの仙人みたいなじっちゃんじゃなかったんだな」

「私も最初連れていかれる時、変態おじいちゃんだったらどうしようってちょっと心配だった」

「失礼ねぇ、あんたたち」

呆れた様子で母がツッコみ、自然に笑いがこぼれて少しだけ空気が緩んだ。

しばしの沈黙の後、楓が好きな洋楽が控えめに流れる中、彼が真面目な調子になって切り出す。

「ねえ、白藍に行きたくないのって夏生さんがいるから?」

核心を突かれ、やっぱり見抜かれていたかと苦笑を漏らし「うん」と頷いた。眉根を寄せた楓がミラーに映る。

「そんなワガママ言ってる場合じゃねーだろ! 白藍には柏のじっちゃんの名に懸けてやってる脳外科医がいるってのに」

「それじゃどこかの名探偵になっちゃうよ」

無自覚にボケる弟のおかげで、普通に笑ってしまった。柏先生が言っていた若いのに優秀な子というのは、たぶん夏くんのことじゃないかなと推測しているけれど。

悶々としている楓にも納得してもらいたいので、先ほど聞いた話をもう一度する。

「白藍で手術できたとしても、障害が残るリスクもあるし、全摘できるお医者さんはいないだろうって言ってたでしょ。別の病院に行ったとしても、きっと余命はたいして変わらないよ」

自分で言っていて少々虚しくなり、再び気持ちが落ちていく。楓は黙り込み、母も俯きがちになっていた。

柏先生の見解では、私の腫瘍は神経や血管を巻き込んでいる可能性が高く、手術中にそれらを傷つけると重大な障害を起こしてしまうという話だった。たとえ手術ができたとしても、悪性の腫瘍は少しでも残っているとその部分からまた増大していく。このスピードによって予後が変わってくるが、何年も寿命を延ばすことは難しい。

つまり、いくら夏くんでも完治させるのは不可能だということ。だったら、あえてリスクを負う手術をする必要はないかもしれない。

「まあ、まずはそっちの病院でも検査してみてだよね。柏先生の所見が外れてることは、まずないだろうけど」

悪性の中でもグレードの低いものなら、わずかではあるが長く生きられる。今の希望はそれだけだ。

それでも平均余命は五年から十年か。旅行したり美味しいものを食べたり、そういうやり残しはなくせそうだけど、結婚は無理かな。いつ死ぬかわからない女をもらってくれる神様みたいな人、なかなかいないよね……。

なんてぼんやり考えていると、隣から洟《はな》をすする音が聞こえてくる。

「なんでなのかしらね。なんで天乃が……」

ずっと気丈に振る舞っていた母が、糸が切れたみたいに泣きだしてしまった。

「ごめん。一番つらいのは天乃だって、わかってるんだけど……」

私も込み上げてくるものを必死に堪えて、何度もハンカチで頬を拭う母の肩を抱く。

母だって同じくらいつらいはずだ。こんな思いをさせて本当に申し訳ない。

楓もいろいろと思うところがあるだろう。彼は静かに運転を続け、車内にはしばらく母のすすり泣く声が響いていた。

家に着くと、車の音でわかったのか父が玄関から飛び出してきた。事情は楓がメッセージで知らせているはず。血の気が引き、焦燥に駆られたような面持ちで私に駆け寄ってくる。

「天乃……」

「私、悪性脳腫瘍の可能性が高いって」

普段おしゃべりなのに珍しく言葉を詰まらせる父に、無理やり口角を上げて伝えた。

彼の瞳が潤み、赤くなっていく。

「ごめんね。お父さんたちより、長生きできないかも」

病名を聞いた時も、余命を知った時も涙は出なかったのに、泣きそうな父の顔を見たら我慢できなくなった。一気に視界が滲む中、父は私の両腕を掴んで頭を垂れる。

「俺が、代わってやりたい」

絞り出すような声が耳に届いて、ぼろぼろと塩辛い雫《しずく》がこぼれた。私たちを照らすまん丸な月は、悔しいくらいに明るく、綺麗だった。


その日の晩はまったく眠れそうになく、スマホでグリオーマという悪性脳腫瘍について調べていた。どのサイトにもいいことは書いてなく、落ち込むだけだとわかっているのに調べてしまう。

深く息を吐き出してベッドにスマホを伏せた時、ピコンと音がしてメッセージが届いた。もう一度画面を見てみると、夏くんのアイコンが表示されている。

【七夕はいつも天乃を思い出す。願い事した?】

「そっか、今日は七夕だっけ……」

それどころじゃなくてすっかり頭から抜けていた。でも、夏くんは私のことを考えてくれていたようで嬉しい。

ドライブが好きな両親は、付き合っていた頃はよく景色のいい場所へ行っていたらしい。そこで見た天の川と、紅葉が綺麗で印象に残っているからという理由で、私は天乃、弟は楓と名付けたのだそう。

父は『お前たちにも見せてやるからな』と意気込んで、幼い私たちも連れていってくれた。正直、綺麗な景色はうっすらとしか覚えていないのだが、車の中で騒いで楽しかった道中のほうが記憶に残っている。

鼻の奥がツンとする。家族と過ごした平和な日々を思い出すだけで涙が込み上げてくるなんて重症だ。

私の願い事は、これからも皆と一緒にいることだよ。くだらないことで笑って、自由にどこへでも行って、十年後もその先も、こうやって夏くんと繋がっていたい。

また堰《せき》を切ったように涙がぼろぼろとこぼれた。声を押し殺してしばらく泣き、落ち着いた頃にいつもの調子で返事を送る。

【願い事したよ。大阪《おおさか》に行って食い倒れたい〜って】

【わりとすぐ叶えられそうだな】

なんとなく行ったら元気になれそうだなと、明るいイメージのある大阪をチョイスしてみた。夏くんが穏やかに笑っているのが、絵文字もないシンプルなひと言だけでも想像できる。

【夏くんはなにを願うの？】

たわいないやり取りにつかの間の癒やしを感じながらなにげなく聞いてみると、しばらくして彼から返事が来た。

【天乃の幸せ】

一瞬目を見開いた私は、再び視界がぼやけて文字が見えなくなった。

……キザなこと言っちゃって、らしくないよ。そんな風に言われたら、ますます病気を打ち明けたくなくなる。

私の幸せを願うというのは冗談かもしれないけれど、先が長くないなんてやっぱり知られたくない。夏くんにはつらい思いをしてほしくない。

それに、今後自分がどうなるかを調べたらかなり酷なもので、打ち明ける気にもなれなかった。

症状が悪化していくと、急に嘔吐《おうと》したり、自力でトイレに行けなくなって漏らしてしまったり、白目をむいて倒れたりすることもあるという。自分がそうなっていく姿を、好きな人に見せたくない。これは私の、最後の乙女心だ。

彼の前では絶対に気づかれないようにしよう。そう心に決めて【カッコよすぎ】と茶化した返事を送り、メッセージの画面を閉じた。

部長にも連絡をして、検査するため数日休みが欲しいと伝えた。脳腫瘍のことを伝えたのは、会社では彼だけ。ものすごく驚いて心配していた彼は、『仕事のほうは気にしなくていいから、必要なだけ休んで』と快く応じてくれた。

ありがたく休ませてもらった私は、翌日には両親と一緒に東京の大学病院へ行き、もう一度様々な検査をした。

病理診断をしなければ正確な病名は確定できないが、MRIなどの所見はやはり柏先生と同じ。グレードは3か4じゃないかという見解で、それでもあまり症状が出ていないのは不思議だと話していた。

悪いほうを想定していたので、もう驚きはしない。私の余命は一年半だと思って過ごすことにする。

そして、やはりこちらの病院では手術はできないと断られてしまった。これも聞いていた通り、手術することによって記憶障害や麻痺、失語などの重い後遺症が残るリスクが高いからだと。

とはいえ、できる限りの治療をするために入院は必須。すぐにでも準備をしてくるようにと言われたものの、私はあえて一カ月後にしてほしいと頼んだ。

自分で考えて自由に行動できるうちに、やりたいことをできるだけやっておきたい。

元気でいられる間は大好きな彼と過ごしたい。そのためには、せめて一カ月は欲しかった。

悪性脳腫瘍は今この瞬間にも大きくなっているかもしれないので、なるべく早く治療するに越したことはない。もちろん担当医にも、両親にも早く入院したほうがいいと説得されたが、私の気持ちは変わらない。

残りの時間をどう使うかは自分で決める。他の誰でもない、私の人生だから。

両親にそう伝えると、やっぱりわが道を行くのが天乃だよなと、最終的に私の意思を尊重してくれた。こんなワガママはもう言わないから、どうか許してほしい。

病気の告知をされてから、人知れずたくさん泣いた。泣いて泣いて、覚悟を決めると生まれ変わったような気分になった。

ありきたりでなんでもない、宝物のような日常を、一カ月間大事に過ごしていこう——と。

＊＊＊

記念パーティーをひと足先に抜け出した私は、家まで送ってもらおうと楓を呼び出した。こういうこともあろうかと、なにかあった時はよろしくと念のため伝えておいたので、彼はすぐに車でやってきた。

　青いスポーツカーの助手席に乗り込むと、楓はさっそく車を発進させて気だるげに話しだす。

「夏生さんは病院か。医者ってほんとに大変だよな。俺はなりたくないね。で、パーティーどうだった？」

「楽しかったよ。料理も美味しかったし。でも……少しの間しゃべれなくなって」

ためらいがちに言うと、彼は眉根をぎゅっと寄せて「あぁ？」と返した。心配させてしまうとわかっていても、自分の中だけに留めておくこともできそうにない。

「急に文字が読めなくなって、頭の中に言葉は浮かぶのに声に出せなくなったの。ほんの数分だったんだけど、あんなの初めてで……怖かった」

あれはおそらく失語の症状なのだろう。脳腫瘍が原因でどんな症状が出るのか調べたからなんとなく知っていたが、あんな風になるんだと実感した。

　東雲さんに疑われてしまったのは失敗だったけれど、とりあえず症状がほんの一時的なものでよかったとほっとしている。楓は心配そうにしているが。

「薬飲んでるんじゃねーのかよ」

「もちろん飲んでるよ。完全に抑え込めてはいないみたいだけど、飲んでなかったらもっとひどい症状が出てるのかも」

入院まで時間があるので飲み薬を出してもらっているが、種類が豊富で人によって合うものが違うらしい。

花火大会の日に片足が動きづらくなって転びそうになったのも、今日ワンピースのホックを留めようとした時に手が動かなくなったのも、実は症状のひとつだ。なんとかごまかせたものの、内心夏くんにバレないか冷や冷やしていた。

ただ、これらも一時的で歩き方に違和感はなくなったし、薬はある程度効いているのだろう。そうでなければ、医者としての観察眼を持つ夏くんにここまで隠し通せはしなかったはず。

「入院まであと二週間……本当に待っていいのか？」

楓は私に問いかけるというより、ひとり言のように呟いた。彼にも両親にも、もどかしい思いをさせて申し訳ないが、まだ入院するわけにはいかない。

「薬を飲む前に比べたらすこぶる元気だし、なんかこう悪い感じがしないの。だから大丈夫！」

「説得力ねぇー」

据わった目をして脱力する彼に、私は明るく笑った。

会社のほうは、部長と話して入院の数日前からしばらく休職する予定だ。もうすぐ引継ぎが終わりそうだし、これまでにないくらい濃厚で充実した日々を過ごせたものの、まだやり残していることがある。夏くんの大事な話とやらを聞かなければ。

いったいなんなのか想像がつかず、偽装婚約の関係も終わったのだと思うとなんだか心許《こころもと》ない。無意識に指輪を触りながら、遠くに見える白藍総合病院の明かりをぼんやり見つめていた。

その日の夜中、手術が終わったらしい夏くんからメッセージが届いていた。朝起きてすぐにそれを見た私は、一気に目が覚めた。

【今日はひとりで帰らせて悪かった。お詫びってわけじゃないけど、天乃の願い事叶えてあげる】

「願い事？」

【大阪行って食い倒れよう】

「えっ、いいの⁉」

メッセージをひとつ見るたび、思わず声に出してリアクションしてしまった。

大阪へ行くってことは丸一日かかるはず。これも一応デート……だよね？　私が七夕の時に言ったことを覚えていて誘ってくれたんだ。どうしよう、すっごく嬉しい。……いや、待てよ。夏くんにはなにも言われていないけど、パーティーが終わったんだからもう普通に友達に戻ったってことよね？　デートじゃなくて、ただ遊びに行くだけか。もしかすると、偽装婚約関係が無事終わったのを労うお疲れ様会みたいなものかもしれない。

寝起きの頭の中がぐるぐる回っている。いつまでも離れられなくなるのは目に見えているから、遊びに行くべきではないんじゃないかというためらいと、この身体で何事もなく行けるのかという不安がせめぎ合う。

でもなんだかんだ言って、自分の一番奥にある願いが揺らぎようもないことはわかっているのだ。

夏くんともっと一緒にいたいという贅沢な望みを、叶えようとしてもいいだろうか。

ドキドキしながら返事を打つ。

私たちの曖昧な関係は、もう少しだけ続きそうだ。

さよならまで、あと一日

まだあなたが大学生だった頃、いつものメンバーで夜が明ける前に出かけて海に行ったことがある。

車で流行《はや》りの音楽をかけて薄暗い街を颯爽《さっそう》と走り、謎のハイテンションさで盛り上がって。海に着くと、ちょうど水平線からオレンジ色の太陽が顔を出して、私たちはその時だけ静まり返って神々しいそれを眺めていた。

珍しく雪が降った冬の日は、鍋パーティーをしようと彼のマンションに皆で集まったのに、バルコニーで雪だるまを作るのに一生懸命になったりした。

そして大人になった今、私はあなたとデートしている。そのたびいろいろな素の顔を見せるから、私は今でも惹かれっぱなしだ。

美しい朝日も、不格好な雪だるまも、あなたの素顔も。全部、いつまでも覚えていたいよ。

＊　＊　＊

夏くんとふたりで遠出するのは、おそらく最初で最後だろう。
そのデートを週末に控えたある日の夜、私は自分の部屋のベッドに座って秋奈と電話をしていた。最初はメッセージでやり取りしていたのだが、デートの話になった途端、彼女から興奮気味に電話がかかってきたのだ。
詳細を話した今、彼女の顔が緩みまくっているのは見なくてもわかる。
《兄貴と大阪デートか〜。順調すぎるくらい順調に進展してるじゃない》
「そう……なのかなぁ。お疲れ様会って感じなんじゃゃ」
《なわけあるかーい！》
食い気味に激しく完全否定された。キレのあるツッコミが清々しい。
《だって、普段めんどくさがって絶対そんなことしようとしない兄貴が、わざわざ自分から誘ってんのよ？　下心がないほうがおかしいって。天乃も本当はそう思ってるんじゃないの？》
そう問いかけられ、少々ドキリとする。図星を指されたから。
ずっと、自惚れてはいけないと思っていた。けれど、花火大会でのキスやプレゼントの指輪、そして大阪デート……そのすべてをただ〝偽婚約者だったから〟という理由で片づけるには苦しい気がしてきている。

「……本音を言うと、まったく期待してないわけじゃない。秋奈の言う通りだし、それに……大切にされてるなって感じる、から」

自分で言っていて気恥ずかしくなり、ぱたりとベッドに倒れ込んだ。秋奈も悶えているらしく、またしても興奮気味な声が聞こえてくる。

《きゃ～ムズムズするぅ！　いいぞもっとやれ～》

「切りまーす」

秋奈が調子に乗ってきたので強制終了しようとすると、ちょっと待てと制止され、《お土産はたいしたものじゃなくていいから楽しんできてね》と冗談っぽく言われて笑い合った。

電話を終えた後、ごろんと仰向けになって物思いに耽《ふけ》る。

夏くんがどんどん甘くなっているのもさすがに気づくし、誰に対しても優しい人だけれど、私に対するものはそれと違う気がする。秋奈に言われてから余計に意識してしまってドキドキしている。

もしも奇跡的に彼も同じ気持ちになってくれていたとしたら、ものすごく嬉しいしこれ以上の幸せはない。でも……私はそれを望んではいけない。決して命の長くない私が、彼の隣にいていいとは思えないもの。

だから今度のデートも、深い意味はないと思っていたいのだ。ふたりで会えるだけで十分。これを最後の思い出にして、いい加減に彼のもとから離れなければ。

「秋奈たちにはガッカリさせちゃうだろうな……」

ぼんやりと天井を見つめて力なく呟いた。

秋奈と慎ちゃんにはまだ病気を打ち明けていない。休職する時期になったら嫌でも慎ちゃんに知られてしまうので、その前には話そうと思っているが、気を遣わせたくないし悲しませたくもないから余命のことまでは言わないつもりだ。

でも……包み隠さず話すのと内緒にしておくのとでは、どちらが悲しませてしまうんだろう。

考えても答えの出ない問題が、ずっと頭の中をぐるぐると巡《めぐ》っていた。

デート当日、家族は遠出するのを心配しながらも、なにかあったら絶対に夏くんを頼ることを条件に送り出してくれた。

結構歩くはずなので手足の麻痺が出てしまったら困るが、数分で治まるし、熱中症対策で休み休み行くのでなんとかごまかせるだろう。もちろん、薬もしっかり持っている。

午前八時、待ち合わせ場所の新横浜駅へ向かうと、構内のコンビニ前で夏くんがすでに待っていた。ポケットに片手を入れ、気だるげな雰囲気を漂わせて立っている姿も魅力的で目を引く。

早足で近づく私に気づいた彼の顔にふわりと笑みが生まれ、「おはよ。今日も可愛いな」とさらっと褒め言葉を口にした。なぜか夏くんが言うとお世辞な感じがしないから、私は毎回ドキッとしてしまうのである。

チケットは夏くんが用意してくれていて、さっそく新大阪行きの新幹線に乗り込んだ。今日は呼び出しはかからないようにしたと言いきっていたので、安心して一日楽しめそう。

彼とふたりで新幹線に乗るのも初めてで、いつもと違ったシチュエーションに子供みたいにわくわくしている。この時間も貴重すぎるなと思いながら、動き出した景色と、隣に座る彼との会話を楽しむことにした。

しばしたわいない雑談をして、それが途切れたところでひとつ気になっていたことを聞いてみる。

「ねえ、パーティーの後も私たちの関係はバレてない？」

あの時東雲さんに疑われてしまったので、もし婚約が嘘だという噂でも流れてしまったらどうしようと心配だったのだ。しかし、夏くんは特に困っている様子はない。

「ああ、たぶん大丈夫。特に悪い噂は聞かないし」

「そっか。ならよかった」

ひとまずほっとしていると、彼の左手が伸びてきて私の右手にそっと重ねられた。

不意打ちの触れ合いに、ドキリと胸が鳴る。

「もう偽物の関係は終わり。本音で向き合って。天乃も」

……そんな風に言いながら、手を握るなんてずるい。これは演技じゃないって、しっかりわからされているみたいだ。

ダメなのに、どうしても心が喜んでしまう。

彼の顔を見られず俯きがちになって曖昧に頷くと、私の手を包み込む力が少しだけ強くなった気がした。

約二時間の電車の旅を終え、私たちは大阪の地に降り立った。ギラギラとした太陽がかなり暑いけれど、あちこちで飛び交う関西弁が賑やかで気分が上がる。夏くんは当たり前のように手を繋ぎ、私も歩幅を合わせて歩き出した。

まず向かったのはやっぱり道頓堀《どうとんぼり》。派手で大きな看板がたくさん並んでいて、街全体がテーマパークみたいで面白い。夏くんが川を見下ろして、「天乃なら飛び込みかねない……」と呟くものだから、思わず脇腹をついてしまったけれど。

終始笑いながらあちこち見て回り、すぐにお腹が空いたのでたこ焼きを買った。ここでしか食べられないというイイダコの足が飛び出たもので、ソースの香りが食欲をそそる。

まず夏くんにあげようと、竹串で刺して持ち上げる。

「あはは、足が出てる～。はい」

「いや、熱いだろ」

猫舌の彼に近づけると頑張ってふーふーしていて、このギャップが可愛いのなんの。よく冷ましたつもりが、口に入れると案の定「あづっ」と悶えていて大笑いした。

その後も気ままに歩き、別のお店のたこ焼きを食べ比べてみたり、串カツを食べたり。甘いものを欲してきた今は、クレームブリュレのクレープを買ったところだ。

本当に食べてばかりだけれど、明るく楽しい街の雰囲気も相まって嫌なことを忘れられる。

「んん～最高！　やっぱり美味しいもの食べると元気になるねぇ」

ここへ来たのは大正解だったな。連れ出してくれた夏くんに感謝しきりで、嬉々《きき》としてとろけるクリームの部分を食べていると、彼の視線に気づいた。

「また同じこと言ってる」

「あ」

クスッと笑って言われ、そういえばそうだったとパーティーの時の会話を思い出す。同時に『俺は好きだよ』というひと言も蘇ってきて、胸がくすぐったくなった。

そんな私を愛《め》でるような瞳で見つめる彼は、ふいにその手を伸ばしてくる。口の端に親指が触れたかと思うと、その指を自らの口へ運んだ。

どうやら私の口にクリームがついていたらしい。ちゅ、と音を立てて親指を舐《な》め、「甘いな」と口角を上げる彼がやけにセクシーで目が離せなくなる。

「俺にもちょうだい」

「あ、うん」

つい見惚れていた私は、はっとしてクレープを差し出した。私の手ごと持ち上げてひと口食べた彼は、ぺろりと舌を出して唇を舐める。その姿もやたら官能的で心臓に悪い。

あまり意識しないようにしていたのに、ちょっとしたことで動揺してしまう。こんな恋人同士みたいなこと、以前は絶対できないと思っていた。病気がきっかけでできたなんて、すごく複雑な気分だ。

それからも、しっかり休憩しつつ通天閣《つうてんかく》や大阪城《おおさかじょう》へ行き、時間の許す限り大阪観光を堪能した。

通天閣にいる有名な像の足を撫でると願いが叶うというので、もちろん撫でて〝健康になって長生きできますように〟と願ったのは言わずもがな。

心配だった症状はなにも出ず、病気を忘れそうになるくらいとても楽しい時間を過ごせた。家族と秋奈たちへのお土産も買って、帰りの新幹線に乗り込むとどっと疲れが押し寄せる。

最近はやはり疲れやすくて、脳腫瘍に体力まで奪われているように感じる。今日はちゃんと歩けたので本当によかったけれど、襲ってくる睡魔には抗えそうもない。

夏くんと一緒にいるのに寝るなんてもったいなくて、なんとか耐えていた。しかし、私が船を漕いでいるのに気づいた彼に「寝ていいよ。おやすみ」と優しく頭を撫でられた瞬間、一気に安堵して眠りに落ちてしまった。

ふと目が覚めた時には、見慣れた景色が窓の向こうに広がっていた。あっという間に横浜が近づいてきて名残惜しいけれど、十分すぎる思い出ができたから満足だ。

眠ったおかげで身体の怠《だる》さは多少よくなり、電車を降りて背伸びをする。

「あー、楽しかったし美味しかったぁ〜。全部夏くんのおかげ。今日は本当にありがとね」

彼のほうに身体を向けようとした時、幾度となく繋いだ手を再び取られた。

「まだ終わりじゃない。大事な話が残ってる」

真剣な瞳と視線が絡まり、心臓が大きく揺れ動く。

……やっぱりするんだね、大事な話。

もしも、万が一それが私との今後についてだったら聞かないほうがいい気がして、あえて自分からは切り出さなかった。でも、そんなに都合よくはいかないよね。

逃げてはいけないと思い直し、「疲れてない？」と気遣ってくれる夏くんにこくりと頷く。それでも彼は駅に隣接したホテルのバーを選び、少ない移動で済むようにしてくれた。

地上四十二階のバーに入ると、横浜の夜景が一望できる。大阪のわちゃわちゃした雰囲気はとっても楽しかったけれど、今はしっとり大人なムードだ。あまりに静かで、騒がしい自分の心臓の音がよく聞こえる。

天の川のような明かりを眺め、そわそわしながら念のためノンアルコールにしたカクテルに口をつけていると、夏くんが穏やかな目をして話しだす。

「天乃とこんなところに来るようになるなんてな。ちょっと前まで、学生のノリで遊んでたのに」

少々恥ずかしい若かりし頃を思い出して、私は苦笑を漏らした。

「かなり無理なお願いして困らせた時が多々あったよね……夜明け前に海に連れてって！って言ったりしてさ。ほんとごめん」

「俺たちだって、文句言いつつも楽しかったんだよ。嫌がらせされてた秋奈を助けてくれた時から思ってたけど、天乃は自分がこうしたいと思ったことを迷いなく実行するだろ。それに助けられたり、元気をもらってる人はたくさんいる。俺も含めてね」

そんなに褒めてもらえるようなことではないと思うけれど、単純に嬉しくなってしまう。

私だって夏くんからたくさん幸せをもらってるよ、と返そうとしたものの、彼の言葉が続けられる。

「いつだって天乃は天乃らしくて、そこが魅力的だと思ってたよ。いつの間にか大人になって、どんどん素敵な女性になってて……気がついたら好きになってた」

そのまま流してしまいそうなくらいさらっと口にされ、私はキョトンとした。空耳かと思い隣に目を向けると、熱を孕《はら》んだ瞳に捉えられて動けなくなる。

「俺は天乃が好き。片時も離したくないくらい、好きだ」

――何度も、好きという二文字が心の奥に流れ込んでくる。その想いを私にしっかりと植えつけるように。

こんな奇跡があるだろうか。絶対に掴めないと思っていた彼の心が、手を差し出せばすぐ触れられるところにある。胸がいっぱいで、唇をきゅっと結んだ。

「でも、天乃は慎太に恋してるんだと思ってて」

ふいにまつ毛を伏せた彼の口から予想外のひと言が飛び出し、一瞬私の感動がどこかへ雲隠れしてしまう。

「はっ⁉　なんで⁉」

「慎太と同じリアクションするなぁ。やっぱりバーベキューの時に『好き』って言ってたのは誤解だったのか」

困惑してすっとんきょうな声をあげると、夏くんはへらっと笑ってひとり言のようにこぼした。

バーベキュー……ってもしかして、私が就職する前に四人でやったあれのこと？

確か慎ちゃんとふたりで話していたら『お前、夏生のこと好きだろ』って図星を指されて、私はこう返したのだ。

『……好きだよ、すごく。慎ちゃんの会社に就職を決めた理由のひとつがそれだもん。少しでも力になれたらなって』

どうにかして夏くんの力になりたかった私は、白藍とも取引をしているヨージョー食品を選んだ。間接的にではあるけれど、食のサポートをすれば、彼の患者さんを助けることに繋がるんじゃないかと考えたのだ。

栄養士もアリだなと思ったのだが、慎ちゃんが働いていた影響も大きく、自分が一番興味を持ったのが今の仕事だった。そして、白藍に出入りする時に会えたらな……という不純な気持ちが多少あったのも否めない。

でもまさか、私のその言葉を聞いて誤解していたとは。そこだけ聞いていたら、慎ちゃんのことが好きだと受け取っても仕方ないかもしれない。ずっと友達止まりだった原因がそこにあったなんて……！

頭を抱えたくなるも、夏くんは自分の心境について語り始める。

「ふたりの邪魔をしたくなかったから、諦めたつもりでいたんだよ。でも、天乃が婚約者のフリをするって言った時に好きなやつはいないってわかって、このチャンスを逃したらいけないと思った。偽物の関係でもいいからそばにいて、俺を好きにさせたかった」

彼が偽装婚約を承諾した本当の理由が明かされ、胸が激しく高鳴る。まだ信じられないが、再びこちらを見つめる瞳は真剣そのものだ。

「婚約者ごっこをしてる間も、俺はなにも嘘はついていない。天乃にかけた言葉は全部本物だ。お前が誰より大事で、可愛くて仕方ない」

宝物を扱うように優しく頬に触れられ、心にも、目頭にもじんわりと熱が広がっていく。

「じゃあ、今日のデートも、花火大会でキスしたのも……？」

「天乃が愛しいから。それ以外の理由はないよ」

彼はとろけるような笑みを浮かべ、私が望んだ通りの言葉をくれた。本当に夢じゃないんだよねと、頭の中で何度も確認してしまう。

「天乃の気持ち、変えられたか？」

本心を覗くようにまっすぐ見つめて問いかけられ、私はごくりと息を呑んだ。

首を横に振って、ごめんなさいとひと言返せば済む話だ。今日で終わりにしようと決めたじゃないか。夏くんの想いに応えたって、一緒にはいられないのだから。

そう、痛いほどわかっているのに——。

『もう偽物の関係は終わり。本音で向き合って。天乃も』

今日彼に言われたひと言が蘇り、ぐっと手を握る。

私は、心から想う人に〝好き〟という言葉を一度も口にしないまま人生を終えるの？　後悔しないために入院までの時間を延ばしているのに、これでは一番大きな悔いが残ってしまう。

私は夏くんに嘘をついてばかりだ。でも、この想いにだけは嘘はつけない。つきたくない。

「……私の気持ちは変わらない。一生変わらないよ」

ゆっくり口を開き、ぽつりと呟いた。一瞬悲しげな顔を見せた彼に、思い切って告げる。

「私もずっと好きだったから。これからも、夏くん以上に好きな人なんてできない」

心の声が抑えられなくなった途端、涙も込み上げて視界が潤む。夏くんの顔がよく見えなくなったけれど、私を強く抱き寄せると同時に深く吐き出した息から安堵が伝わってきた。

「よかった……やっと抱きしめられた」

愛しさで満ちた声が耳元で響く。それだけで天にも昇る心地になる。

「偽装婚約なんてしないで、もっと早く本当の気持ちを言えばよかったな」

「うん、私も」

そうすれば幸せな時間を増やせていたのに。その後悔だけは消えないけれど、今だから伝えられたんだとも思う。

暗くて仕切られた席なのをいいことに胸にすり寄ったままでいると、頬に手をあてがわれ、切なくも熱っぽい瞳で覗き込まれる。

「今夜、お前を手離したら絶対に後悔する。朝まで俺のそばにいて」

好きな人からこんなに求める顔をされて、拒めるほどの度胸は持ち合わせていない。承諾の意味を込めてもう一度ぎゅっとしがみついた。

しかし彼はふっと小さく笑い、「違う。もっとだよ」と低く甘ったるい声で私の鼓膜を揺らした。

――もっと、そばに。

こんなにくっついている私たちの間にあるのは、お互いの衣服だけ。それすらも邪魔だと言わんばかりの彼に、耳にキスをされ鼓動が乱される。

私が彼のものになれる日は二度と来ないかもしれない。今夜だけ、すべて忘れて彼に愛されたい。その本能が勝って理性が崩れていく。

もうどうなってもいいと本気で思い、視線が絡まると共に近づいてくる唇を抗うことなく受け入れた。

　飲み物を半分も残したまま、私たちは指と指を絡めてバーを後にした。フロントで夏くんがスムーズに部屋を取ってくれたので、再びエレベーターに乗り込む。

　高層階へ昇っていくにつれて、私の心拍数もどんどん上昇していく。お互い言葉少なに部屋へ向かい、中へ入った瞬間に抱き合って唇を重ねた。

　花火の時とは全然違う、舌と吐息が絡み合う淫《みだ》らなキスを繰り返す。夏くんってこんなに情熱的な男の人だったんだと、まざまざと思い知らされ、ドキドキしすぎて苦しい。

　一旦唇を離したら部屋の奥へ進み、豪華な部屋を見回す暇もなくまた口づけを再開する。

　そのうち力が抜けて、へなへなとベッドに腰を下ろした。彼は構わず私の身体のラインを優しく撫で、唇だけでなく首筋にもキスをしながら私の服を脱がせていく。

「んっ、はぁ、夏くん……」

「天乃の全部が欲しい。唇だけじゃ、全然足りない」

　余裕のなさそうな様子で懇願され、なぜかお腹の奥のほうがきゅうっと疼《うず》く感覚を覚えた。

ここへついてきた時点で、もう全部捧げる覚悟はできている。とはいえ、やっぱり初めてだし綺麗な自分を抱いてもらいたい。

「待って、シャワー浴びたい……いっぱい汗かいて汚いから」

「汚くなんかない。天乃なら、頭のてっぺんからつま先まで愛せる」

彼は上半身下着姿のあられもない私を抱いてあっけらかんと言い、得意げに笑った。

嬉しいけれど、本当に恥ずかしい。

溺愛してくれる夏くんに照れまくりながら、とにかく軽くでいいから汗を流したいと訴える私。しばし思案していた彼は、なにかが閃いたように口を開く。

「わかった。じゃあ、一緒に浴びよう」

「えっ⁉」

「言っただろ、片時も離したくないって」

ちょっぴり意地悪で、とびきり甘い瞳に見つめられたら、反論が喉につっかえて出てこなくなる。押し黙る様子を肯定と捉えたらしく、彼はどこか満足げに私の手を引いてバスルームへ向かった。

私が入りやすいようにするためか、夏くんが先にためらいなく服を脱いで中へ入っていく。彼の裸体はほどよく鍛えられていて美しく、危うく鼻血が出そうになった。なにもかも初めての私には刺激が強くて直視できない。

髪をまとめた私も意を決してすべて脱ぎ、そそくさと入って素早く泡立てたボディーソープで身体を隠す。メイクはしておきたかったけれど、落とさないほうがひどい顔になっていそうだったので観念して洗う。

その忙しなさに、夏くんは「これから全部見るのに」とクスクス笑った。

そして、いたずらっ子のように私にシャワーをかけて泡を洗い流してしまう。隠せるものがなくなってあたふたする私を見て、おかしそうに笑った彼は、お湯を止めて私を抱き寄せた。

「……幸せだ。天乃をひとり占めできるなんて」

嬉しそうな声がバスルームに響く。緊張しまくりながらも素肌が密着する心地よさを感じ、「それはこっちのセリフ」と返した。

逞しい腕に包まれる中、彼を見上げる。少し濡れた髪や、首筋に水が滴る様は色気がさらに増していて、鼓動は速まるばかり。

彼が私だけを見つめ、甘く微笑んでくれるのが愛しくて、尊くて。自然に自分から触れたくなり、背伸びして濡れた唇を重ねた。

「夏くん、ありがとう。私を好きになってくれて」

目を見張る彼に、精一杯の感謝を伝える。

「こんな奇跡、二度とないよ。生きててよかった」

大袈裟じゃなく、私はこの瞬間のために生きてきたんじゃないかって、心からそう思う。

真剣な面持ちになっていく彼は、私の首を支えて言い聞かせるように言葉を紡ぐ。

「俺が天乃を好きになったのは奇跡なんかじゃない。そんな、消えてなくなりそうな不確かな愛じゃないんだよ。これからたっぷりわからせてあげる」

その瞳に獣のような力強さが宿ったかと思うと、激しく唇を奪われた。

息も上がるほどの食べられてしまいそうなキスの後、唇は私の胸元に移り、濡れた蕾《つぼみ》を口に含む。これまで感じたことのない甘い刺激が全身に伝わり、思わず嬌声《きょうせい》をあげて背中をのけ反らせた。

胸の柔らかさを楽しむように弄《いじ》っていた手が足の間に下りてきて、そこをなぞられるとしっかり洗い流したはずなのに水音が響く。自分のものじゃないような甘い声も相まって、恥ずかしすぎて朦朧《もうろう》としてくる。

ぞくぞくする快感が押し寄せて立っていられなくなると、夏くんはようやく脱衣所へ出た。私にバスタオルを巻き、そのまま軽々と抱き上げてベッドへ運ぶ。

逞しい身体で私に覆い被さると、またじっくりと愛撫《あいぶ》を始めた。どこもかしこも敏感になっていて、少し触れられただけでびくりと反応してしまう。

「天乃、本当に可愛い。俺の腕の中でどんどん淫《みだ》らになってくの、たまらないな」

夏くんは恍惚とした色っぽい表情で、蜜《みつ》が溢れるその場所に軽く指を沈める。

「ここも、早く繋がりたいって言ってるみたいだ」

「んぁっ……！」

浅い部分を優しく擦られるのが気持ちよくて、声を抑えられない。中が熱くてどうにかしてほしくなり、手を伸ばして彼の動きを止める。

「……そうだよ。私だって、夏くんが欲しいんだから」

もう片方の手の甲で口元を隠しつつ、涙目になって正直に言うと、彼の頬がほんのり赤く染まる。

「可愛すぎてもう無理」と呟いた彼は、身体を起こして避妊具の袋を開けた。

指はすんなり飲み込んだのに、今度ばかりはそうもいかない。少し時間がかかったけれど、たくさんキスをしながらなんとか繋がって、身体も夏くんでいっぱいになると喜びで心が震えた。

指を絡ませ、ゆっくり突かれるたびに痛みが変化していく。徐々に律動が速くなり、広い背中にしがみついてただただ喘《あえ》ぐ。

「あぁっ、んぅ、夏く……好き。好き……」

「俺も好きだ、天乃……っ」

荒い呼吸の合間に、何度も愛を伝え合う。もう痛くも、悲しくもないのに自然に涙が滲んで、目尻からこぼれ落ちた。

最期に見る景色が、あなただったらいいのに。

このまま息絶えてもいいと本気で思うほど、全身で愛される極上の幸せを知った。

――重い瞼が自然に開いた時、窓の向こうはすでに明るくなっていた。ぼんやりする頭をなんとか回転させ、昨夜は存分に愛された直後に眠りに落ちたことを思い出す。

……ああ、まだ生きている。身体はすごく怠いけれど、それすらも幸せだと感じる。

隣を向けば、安堵したように目を閉じているとても綺麗な寝顔がある。緩くうねる柔らかな髪の毛と、すべすべの頬に触れたくなって手を伸ばそうとするも、途中でやめた。

夏くんが起きる前に帰ろう。そして、もう会わない。幸せな記憶だけ持っていくずるい女のことなんて忘れてほしい。

名残惜しさを必死に振り切って、そうっとベッドから抜け出す。散らばった服を集めて素早く身につけ、荷物を持ってドアのほうへ向かおうとした、その時。

「ひとりでどこ行くの」

「ひゃっ！」

背後から腕を回され、抱きしめられた。上半身裸の彼にそうされただけで、昨夜の甘い記憶が鮮明に蘇ってくる。

びっくりした、起きてたんだ……。黙って去るなんて都合のいいことは許されないんだなと、決まりが悪くなりつつへらっと笑う。

「ごめん、起こしちゃって。無断外泊しちゃったから、すぐ帰らないと」

「それなら俺が説明する。半端な気持ちで付き合うわけじゃないって、ご家族にもわかってもらいたいしね」

夏くんの真摯な想いが嬉しい。でも、無断外泊というのは嘘だ。病気の私がなにも連絡しないのはさすがに心配させてしまうから、ホテルにチェックインする時に連絡しておいた。

どうやって切り抜けようかと考えていると、夏くんは「なあ、天乃」と呼んで肩を抱き、私の顔を覗き込む。

「偽物じゃなくて、本物の婚約者になってくれないか？」

まさかの言葉に目を見開いた。いろいろな考えが一瞬どこかへ吹っ飛んでしまう。

「本物の……？」

「そう。天乃以外の人とは結婚する気ないっていうのも本心だよ。ずっと一緒にいたいって思うのは天乃だけ」

甘い声と、頬を撫でる優しい手に、ぐらぐらと心が揺さぶられる。

「俺と結婚してほしい」

まっすぐなプロポーズに涙が出そうになった。

ずっと大好きだった人からの求婚。すごく、すごく嬉しい。本当はすぐに承諾したい。でも……。

心がちぎれそうになりながら迷いを振り切り、彼の胸を押した。私はこれから、最低なことをする。

「……結婚は、できない」

床を見下ろしたまま無理やり声を絞り出した。夏くんは今、どんな表情をしているんだろう。

「結婚したら面倒臭いことばっかりじゃない。親戚付き合いとかしんどいし、苗字も変えなきゃいけないし。偽装婚約をしたのも、ちょっとシミュレーションしてみたかったからなの。でも、やっぱり無理だなって思った」

ぎこちない笑みを作って、つらつらとでまかせを口にする。

こんな自己中心的な女は嫌われるだろう。そのほうがいいのだと吹っ切ると、驚くほどすんなり嘘が出てきた。

「それに私、仕事で異動になってちょっと遠いところに行くの。会えなくなるから、夏くんとの思い出を作りたかったんだ。自分勝手でごめんね」

なんとか顔を上げて言い、怒りとも悲しみともつかない表情の夏くんから逃げ出す。

昨日の情事は雰囲気に流されただけ、私が好きだと言ったのも行為を盛り上げるためのものだったと受け取られても構わない。

しかし、「待て」と腕を掴んで引き留められた。

「そんなんで納得できるわけないだろ。全部が天乃の本心だとも思えない。……こんなに泣きそうな顔をしておいて」

顎に手を添えて彼のほうを向かされる。気を抜いたらすぐに涙腺が壊れてしまいそうな顔を、見ないでほしかったのに。

「……昨日は幸せすぎたから、今日が来なければよかったのにって、思ってるだけ」

ぽつりと力なく本音を呟いた。幸せなひと時が永遠に続いてほしかったけれど、現実は厳しい。

腕を掴む手に私も手を重ね、そっと離す。泣いたら演技が無駄になると、精一杯口角を上げて笑みを作る。

「ごめんね、夏くん。愛してくれて嬉しかったよ。ありがとう」

今伝えられる本心はこれだけだ。微笑んだまま踵《きびす》を返し、「天乃！」と呼び止める声を振り切って、部屋を飛び出した。

朝食を食べに向かうカップルや家族連れとすれ違いながら、一目散にホテルの出口を目指す。外は昨日から一転、どんよりと雲が覆っていて今にも雨が降りだしそうだ。

今になって頭がズキズキしてくる。早く薬を飲まないといけないのに、そんな気になれない。頭より心のほうが痛い。

夏くんはわけがわからないだろうな。昨夜はあんなに愛し合ったのに、一方的に突き放されて。

中途半端なことをして、彼を傷つけた。罪悪感で押し潰されそうになるけれど、どうなってもいいから愛されたいと望んだのは自分自身。これは、幸せな一夜と引き換えに抱いていかなければいけない罰なのだ。

とぼとぼと駅へ向かって歩くも、視界が滲んで前が見えなくなる。いつか脳が機能しなくなっても彼の姿だけは消えないんじゃないかと思うほど、絶えず愛しい笑顔が浮かぶ。

「ずっと、一緒にいたかった……」

もう伝えられない本音を、脳内の彼に向かって呟く。雨が降るより先に、塩辛い雫が頬を濡らした。

嘘があきらかになるまで、あと半日

思い返せば、私たちは会わない期間のほうが多かった。

学生時代はそれなりに遊んでいたけれど、私が就職してから会う機会はぐっと減り、あなたが海外に行った時は一年も会えなかった。

それでも今ほど寂しくなかったのは、恋を諦めていたからだろう。想いが通じ合ってから離れるのは、その比ではないくらい苦しかった。

あの選択は正しくなかったのかもしれないが、後悔はしていない。あなたとの間にあった出来事は、全部無駄ではなかったと思うから。

＊　＊　＊

夏くんと別れた日から毎日連絡が来るが、心が潰されそうになりながら画面を閉じている。そして、私の体調もあまり思わしくない。

頭痛の頻度が増え、物忘れが多くなり、ほんの数分だが一時的に意識を失くすこともあった。彼と過ごしている時は平気だったのに、こんなにも精神状態が病気に影響するものなのかと驚くほど。

しかし四日後にはいよいよ入院するので、薬を飲む以外に特別なことはしていない。あとはもう、神様に委ねるだけ。

会社では私が休みに入る直前まで内密にしてもらっているので、明日皆に報告するつもりだ。

真っ先にその話をしたのが、厳しくも優しい部長。ギリギリまで働くことをとても心配していたけれど、迷惑をかける可能性があるのも承知で認めてくれて本当にありがたい。

その前に慎ちゃんと秋奈には打ち明けておこうと、再び仕事終わりに食事の約束を取りつけた。重い話をするので雰囲気だけでも明るくしたくて、いつも賑わっている中華街のお店にしてみた。

それぞれの料理と、皆でシェアしようと小籠包《しょうろんぽう》や海老蒸し餃子を頼んだところで、秋奈が待ってましたと言わんばかりに身を乗り出してくる。

「ちょっと、どうだったのよ大阪デートは⁉　その話聞きたくてうずうずしてたんだから」

「はぁ⁉ 俺、なにも聞いてないんだけど」

そういえば慎ちゃんには報告していなかったな。「そうだっけ？」ととぼけて、文句を言いたげな彼に構わず、お土産の紙袋をふたりに差し出す。

「すごく楽しかったよ。はい、これお土産。秋奈は限定スイーツで」

「あ、これ気になってたの！ 嬉しい〜ありがと」

見た目もおしゃれなお菓子は秋奈にぴったりだと即決したのだが、予想通り喜んでくれてよかった。一方、慎ちゃんはウケ狙いの雑貨に眉を歪ませている。

「なにこれ、たこ焼きのゴルフボール？」

「それは夏くんチョイスね」

「俺ゴルフしねぇし！ 面白いけど！」

そのツッコミと、『慎太は絶対喜ぶ』と言いきって選んでいた夏くんを思い出して、秋奈と一緒に大笑いした。

部屋に飾ってもらえたらいいなと願い、飲み物が来て落ち着いたところで本題を切り出す。

「大阪デートだけじゃなくて、この一カ月弱は本当に幸せだった。ちゃんと想いも伝えられたし」

そのひと言に〝おっ⁉〟という調子で目を輝かせたふたりだったが、私が「でも」と続けたので押し黙った。

「夏くんとは付き合えない」

突然の冷ややかな宣言。まったく予想していなかっただろうふたりは、呆気に取られている。

「は……？」

「なんで、どういうこと⁉」

眉根を寄せ、秋奈が立ち上がりそうな勢いで身を乗り出してきた。私は小さく深呼吸をして、冷静に打ち明ける。

「私、脳の病気になっちゃって。入院するから、仕事も明後日まででしばらく休むの。前にインフルエンザになったって言った時も、本当は検査で休んでたんだ。黙っててごめん」

こんな報告は青天の霹靂《へきれき》だろう。ふたりとも唖然とした表情に変わっていく。

わずかな沈黙が流れる中、湯気が上っている美味しそうな小籠包が運ばれてきたものの、それには目もくれず秋奈がひとり言のように呟く。

「病気……？」

「うん、脳腫瘍。慎ちゃんはわかると思うけど、最近物忘ればっかりしてたでしょ。それが原因だったんだよね」

仕事中も資料を渡し忘れたり、打ち合わせの日時を間違えたりしていた。やはり慎ちゃんもおかしいと感じていたようで、動揺を露わにしつつも納得した様子だ。

「どうりで……天乃にしては珍しいミスするなと思ってた。でも、脳腫瘍って」

「手術すれば治るんだよね？」

秋奈に心底心配そうな声で尋ねられ、胸が痛むのを感じながら曖昧に微笑む。

「私の場合、できてる場所が悪いみたい。言葉とか記憶とか、大事な働きをしてるところで、後遺症が残る可能性が高いから手術できる医者も滅多にいないって。そのうちこうやって話せなくなっちゃうかもしれないし、記憶も保っていられなくなるかも」

言葉にするのは、再確認するのと同じだからつらい。加えて、絶句してショックを隠せない秋奈を見るのも苦しい。これでは余命宣告を受けているなんて到底言えそうにないけれど、私の気持ちは伝えさせてもらう。

「だから、普通に生活していられるうちに、やりたいことをやろうって決めたの。夏くんと偽装婚約した本当の理由もそれ。少しでもそばにいて、思い出を作りたかった」

そう、それだけでよかったんだ。まさか本当に愛してもらえるなんて思いもしなかった。

結果、あんな形で別れることになってしまうなら、偽装婚約をしたのは間違いだったかもしれない。

でも、決して後悔はしていない。一度だけでも、好きな人に愛される喜びを知れて幸せだった。

本当に自分勝手だけれど、と自嘲気味の笑みをこぼしてまつ毛を伏せると、慎ちゃんが深刻そうな顔で問いかける。

「夏生には話したのか？」

「ううん。言うつもりもない」

「なんで……!? 兄貴に相談すれば、なんとかいい方法が見つかるかもしれないじゃない」

普段はあまり激しく感情を露わにしない秋奈が、今は眉尻を下げてやや声を荒らげる。それだけ親身になってくれているのだろう。

「兄貴とならいい付き合っていけるわよ。病気のことも、他の人より理解があるんだし――」

「だからだよ」

強張った声で、彼女の言葉を遮った。声と同じく硬い表情になる私を、ふたりが押し黙って見つめる。

「どんな病気で、どうなるかも全部知ってる人だからこそ言えないの。自分にはどうにもできないってわかった時、夏くんはきっと自分を責めるし、誰よりもつらくなると思う。そんな風になってほしくないから」

やっぱりふたりの前では本音が出てしまう。これでは余命を言わなくてもピンとくるだろう。

「そんなに、悪い状態なのか……？」

案の定、慎ちゃんが声を詰まらせながら言った。秋奈も今にも泣きそうな顔で言葉を失くしているけれど、ふたりのことも悲しませたかったわけじゃない。

話さないほうがよかっただろうかと少し後悔するも、今さらなのでせめて笑顔で明るく振る舞う。

「ごめん、まだ決まったわけじゃないの！　病理診断してからじゃないと正確なことはわからないんだって。だからこれは、最悪の場合の話。暗くしてごめんね」

平謝りした後、「ただ、夏くんには内緒にしておいてほしい」とお願いした。

静まり返っている私たちのテーブルに、店員さんがやってきて手際よく料理を置いていく。楽しい気分に切り替えようと、「食べよ！」と言って箸に手を伸ばした時、俯いていた秋奈がふいに顔を上げる。

彼女はビールのグラスを手に取り、いい飲みっぷりで半分ほど減らしてドンッとテーブルに置いた。涙目になりつつも、表情には力強さを取り戻している。

「そうよ、まだわからない。今はとにかく、検査結果を待つしかないわよね。前も言ったけど、天乃が決めたなら外野があれこれ言っても仕方ないし」

「……そうだな。どの道を選ぶかは天乃の自由だ」

慎ちゃんも頷いて、「退院したらまた飯食おう」とやっと口元を緩めてくれた。さりげない励ましが嬉しい。

私がどんな選択をしても最終的に応援してくれて、悩んだ時は寄り添ってくれるふたり。友人としての愛しさが溢れて、心の声が自然に言葉になって出てくる。

「ありがとう。夏くんはもちろん、秋奈と慎ちゃんも大好きだよ。ふたりと友達になれてよかった」

ちょっぴり恥ずかしいことを口にすると、秋奈はまた瞳をうるうるさせて「もうやめてよぉ～」と私の背中をバシン！と叩く。

「痛っ。ツッコミがおばちゃん……」

「ダメダメ、そういうの。青春みたいでむず痒《がゆ》いのよ～」

「そうだ。夏生が嫉妬するからやめろ」

慎ちゃんは心なしか照れているように目を逸らして言い、私も自然に笑みがこぼれる。

やっといつもの私たちらしさが戻ってきてからは、しんみりする話はやめて食事を楽しんだ。

本当に照れ臭いけれど、ふたりにも思っていることを全部伝えていきたい。病気を患っているかどうかにかかわらず、こうしていられるのは当たり前じゃないと気づいたから。

そしてそれは、家族に対しても同じ。

病気を宣告された日から、今まで以上にたくさん、自分の気持ちもなるべく隠さずに深い話をしてきた。もうすぐ皆と離れて入院しなければいけないと思うと、無性に心細くなる。

午後九時過ぎ、秋奈たちと別れてやや物寂しい気分で帰宅すると、いつものように家族が出迎えてくれた。キッチンの冷蔵庫から炭酸水のペットボトルを取り出す楓が

「おかえり」と声をかけ、私にさりげなく近づいてくる。

「さっき夏生さんが来たよ。親父たち外に出てたから、俺が対応したけど」

夏くんの名前が出されてドキリとする。

実は、楓に事情聴取のごとく根掘り葉掘り聞かれ、夏くんと両想いになったけれど付き合う気はないという話をしていた。夏くんなら、連絡が取れない状況では家に来る可能性も十分あると予想し、会わずに済むよう楓にうまくごまかしてほしいと頼んでいたのだ。

やっぱり来たんだ、夏くん。彼がどんな思いでいるかを考えると胸が痛む。

「……そっか、ありがと」

「何時頃帰るかわかる？って聞かれたから、今夜は友達の家に泊まるらしいって言っておいた。でも……本当にいいのかよ？　このまま会わなくて」

楓も完全には納得できていないようで、複雑そうな面持ちになっている。私の気持ちは変わらないのだが、それよりいつも心配してくれる弟への嬉しさが湧いてくる。

ペットボトルを口に運ぶ彼に「ちょっと外出ない？」と誘って、リビングの窓から出られるウッドデッキに移動した。そこに置いてある椅子にそれぞれ腰かけ、生ぬるい夜風に当たりながら口を開く。

「楓はさー、なにげに姉思いだよね」

「あぁ？　俺が夏生さんとのこと聞いてたのに、話逸らすなよ」

「ほら、今もこうやって付き合ってくれてるし」

「話の途中だったからだっつーの！」

荒っぽい口調で返されてもまったくイラッとせず、私はけらけらと笑って言う。

「わりと仲いい姉弟だと思うんだよね、私たち。楓が弟でよかったよ」

今までは恥ずかしくて言えなかったけれど、これもずっと思っていたこと。

すんなり口に出せたなと小さな満足感に浸っていると、楓はキョトンとした後、どこか優しい表情になって口を開く。

「……覚えてる？　小学校の時、俺めちゃくちゃ嫌がってたのに半ば強引に児童会長にされて、挨拶文を考えるのがストレスで若干病んでたこと」

ものすごく懐かしい話を出されて、今度キョトンとするのは私のほうだった。

「あの時、周りのやつらは無責任にただ励ますだけだったのに、姉ちゃんは『私がゴーストライターになってやる！』とか言って、全部考えてくれたんだよな」

「あー、思い出した！　どうせ話すのは楓なんだから、文章ぐらい考えてやるわって」

「ほんと他人事だよな。しかも、すげーふざけた内容だったし」

そういえば書いたな。これから新しい児童会になるのに、ヒヨってるやついる⁉的なことを。我ながらぶっ飛んでたなと、ふたりで思い出してひとしきり笑った。

「でも俺は会長も辞めたかったしどうなってもよかったから、ヤケっぱちでそのまま読んだわけ。そしたら、先生には注意されたけど友達は結構ウケててさ。そんなに難しく考えなくていいのかもなって、かなり気がラクになったんだよね」

楓がそんな風に思っていたとは初めて知った。あれも無駄じゃなかったんだなとほくほくする私に、彼は珍しく真面目な調子で語りかける。

「姉ちゃんはわが道を行くタイプだけど、全然自己中とかじゃなくて、いつも人のことを考えて行動してるじゃん。夏生さんとのことも、たぶんあの人のためを思って会わないようにしてるんだろうなって、なんとなくわかるよ」

そこまで理解してくれている彼を、私は黙って見つめる。

「姉ちゃんのそういうところ嫌いじゃないし……俺も、姉ちゃんの弟でよかった、と思う」

目を逸らしたまま、口調がたどたどしくなってくるところに彼の恥ずかしさが表れていて、じんとすると同時に愛しく感じた。

普段は絶対こんなこと言わないもんね。きっと楓も私と同じように、気持ちを伝えておきたくなったのだろう。

ちょっぴり瞳が潤むのを悟られたくなくて、腰を上げて彼のほうに歩み寄り、ふわっとした髪をくしゃくしゃと撫でる。

「普段そっけなくしてても、いつまでも可愛いなー。私の弟は」

「うっざ」

顔をしかめて嫌がられても、やっぱり家族は愛しい。

病気になって、私は皆とは違うのだと言いようのない孤独を感じていたけれど、家族だけはどんな時も見放さないでいてくれる。

決してひとりじゃないのだと、心強さを取り戻せた気がした。


翌日は、私が担当から外れる取引先へ挨拶回りをした。といっても、私は本来ただの営業事務で慎ちゃんにくっついていただけなので、今回も彼と一緒に軽く挨拶をする程度だが。

後任は後輩の女子で、頑張り屋でしっかりした子なので私も安心して任せられる。はきはきと挨拶をする愛想のいい子だし、彼女も慎ちゃんについていくようになったらきっと皆に気に入ってもらえるだろう。

いくつかの施設を回り、午前中最後にやってきたのは白藍だ。

贔屓《ひいき》にしてくれていた管理栄養士さんは、私が担当から外れることをとても寂しがっていたけれど、「いつでもまた戻ってきてね」と声をかけてくれた。私のプレゼンを認めてくれた人、彼女にも心から感謝している。

挨拶を終えた頃には午後十二時を過ぎていた。病院の外では今日もうだるような夏の日差しが待ち構えていて、出るのが億劫《おっくう》になるけれどこうしてはいられない。

「外暑そ〜。早く涼しいとこ行ってご飯食べよ！」

「どっちかっつーと、早くここから去りたいんだろ」

出入り口に向かってさっさと歩いていると、慎ちゃんが呆れ顔で言った。夏くんに会わないようにしたい心情をしっかり見抜かれていて、苦笑いするしかない。

「こういう時に限って会っちゃうものだからね。でも、お腹空いたのも本当。なにがいいかなー、やっぱ冷やし中華？」

「こんなに元気なのに、もうじき入院するなんて信じらんねぇな……」

複雑そうにする慎ちゃんに、私は明るく笑ってみせた。最近の楽しみといえば、本当に美味しいものを食べることぐらいだから。

話しながら総合受付の前を通り過ぎようとした時、前方からやってきた女性と目が合い、お互いに「「あ」」と声を漏らして足を止めた。休憩に入るところなのか、ベストにスカーフを巻いた制服姿で財布を手にしている東雲さんだ。

会ったのは夏くんじゃなく、東雲さんだったか……。パーティー以来なので少々気まずい。

彼女も同じなのだろう。ぎこちない笑みを浮かべてこちらに近づき、会釈する。

「清華さん、こんにちは。お仕事に来てらしたんですか？」

「ええ、そうです。東雲さんはこれから休憩に？」

「はい。もしよければ……少しお話が」

彼女は私の隣にいる慎ちゃんをちらりと見て気にしつつ、遠慮がちにそう言った。

気まずいままなのも嫌なので、私も応じることにして慎ちゃんを見上げる。

「慎ちゃん、先にご飯食べててくれる？」

「……わかった」

微妙な空気を感じ取ったらしい彼は快く頷き、「失礼します」と東雲さんに頭を下げて歩き出した。さすが、空気の読める男は応対がスムーズだ。

東雲さんの話というのは、十中八九夏くんとのことだろう。病院で話す内容でもないので、出てすぐのところにあるカフェに向かうことにした。

北欧風の可愛らしくこぢんまりとしたお店で、軽食もあるが飲み物がメインなのでお昼時の今もそこまで混み合っていない。小さな丸いテーブルに向き合って座り、とりあえず冷たいラテを頼んだ。

ひと息ついたところで、神妙な顔をする東雲さんが「さっそくですが」と切り出す。

「芹澤先生から聞きました。清華さんとは、偽装の関係だったこと」

単刀直入にそう言われ、私は少し動揺しつつ彼女を見やる。

「夏くんが言ったんですか？」

「はい。やっぱりこの間の清華さんの態度が気になって、彼に確かめてみたら認めてくれました」

そうだよね、私のあの様子からなにも疑わないほうがおかしい。夏くんももう嘘をつく気はないのだろうし、私たちの関係は本当に終わったんだなと、今さらながら虚無感を覚えた。

東雲さんはくるっとカールしたまつ毛を伏せ、少し失望したような調子で言う。

「信じられません。あの芹澤先生が、皆を騙すようなことをしていたなんて」

「結婚する気がないのにいろんな人から話を持ちかけられて困ると言っていたので、私が提案したんです。パーティーで紹介するまで、婚約者のフリをするって」

皆を騙していたのは私も同じ。夏くんだけが責められるのは絶対に避けたくて、真実を打ち明けた。

少ししか外を歩いていないのに喉がカラカラに渇いていて、ちょうど運ばれてきたアイスラテを手に取る。東雲さんは私を見たまま、単純に疑問に思ったらしく問いかけてくる。

「清華さんはどうしてそんなことをしたんですか？　なにかメリットがないと、偽装婚約なんてしないですよね」

もっともな質問に、喉を潤した私は自嘲気味の笑みをこぼす。

「……私も好きなんです、夏くんが。ずっと大好きだったのに、彼にはその気がないからって行動に移せずにいました。でも私、遠くへ行くことになって。その前に、嘘でもいいから彼に愛される感覚を味わいたくなったんです」

東雲さんが目を見張った。私が彼から離れるのは予想外だったのかもしれない。

「誰かのものにはならないでほしくて、東雲さんの邪魔をしてしまいました。全部私のワガママなんです。本当にすみませんでした」

姿勢を正し、彼女に向かってしっかりと頭を下げた。今日会わなければ謝ることすらしなかっただろう。……最低だな、私。

自分に嫌気が差して俯いたままでいると、大きなため息と、「……困った人たちですねぇ、まったく」と呟く声が聞こえてきた。そして思案するような間があった後、腹立たしげな声が投げかけられる。

「最初から告白していればよかったのに。おかげでこっちは、秘密の関係になったふたりを盛り上げるスパイスにされたも同然ですよ。気分はブラックペッパーですよ」

「ごっ、ごめんなさい」

「あなたのそのワガママのせいで、芹澤先生はこれから大変なことになりそうですし」

「え？」

聞き捨てならないひと言にドキリとして、平謝りしていた私はぱっと顔を上げた。

彼女は真剣な面持ちで私を真正面から見つめている。

「私の父が、婚約は偽装だったと知って腹を立てているんです。先生を呼んで話をすると言っていたし、このままだと彼は信頼を失うどころかキャリアに傷がつくかもしれません」

一気に危機感が高まり、私の表情も身体も強張った。夏くんの医者としての立場に影響が……？

誰かに嘘がバレたら、彼の信用問題に関わることぐらいは予想できていた。けれど、彼ならうまくやれるだろうという根拠のない自信もあった。本当に知られてしまった今、彼はどう振る舞うのだろう。

胸を激しくざわめかせる私を、東雲さんは大きく綺麗な瞳で捉えたまま叱責する。

「それでもあなたは離れられるんですか？　本当に先生のことを想うなら、けじめをつけなければいけないんじゃないですか？　このまま逃げるのは卑怯《ひきょう》です」

ぴしゃりと言い放たれ、私は押し黙るほかない。

彼女の意見はもっともだ。私だって共犯者。彼が責められているのに、自分だけ安全なところへ避難することなんてできない。でも、どうやってけじめをつければ……。

ぐらぐらと揺れる私の心に、彼女は冷静な言葉をぶつけてくる。

「もしも清華さんがなにもしないなら、私がもう一度先生に迫っちゃいますからね。今度こそ、彼の気持ちを私に向かせますから」

宣戦布告されたものの、なんとなく違和感のようなものを覚える。

東雲さんが本当に夏くんを手に入れたいなら、私に彼のピンチを教えずにいたほうが都合がいいはずだ。院長を味方につける絶好のチャンスでもある。

それなのに、あえて私を叱ったのは……夏くんのところへ向かわせるため？　だとしたら、東雲さんはとんだお人好しだ。

私は彼のもとへ戻ってもいいのだろうか。私がいてもいなくても迷惑をかけることになる。彼にとってはどちらがマシなんだろう――。

悶々と頭を悩ませていた時、はたと気づいた。私は夏くんの意思をなにも聞いていないと。

夏くんにとってなにが本当に迷惑なのか、どうするのが一番幸せなのかをなにも聞かず、離れるのが最良だと勝手に決めつけていた。もしも自分が彼の立場なら、離れることなど望まないのに。

残された時間がわずかだと知ったら、少しでも長く一緒にいたいと思う。どんなに苦しく、つらくなっても、共に生きたことを後悔したりしない。彼も同じ気持ちなんじゃないだろうか。

心を覆っていたもやが一気に晴れていく気がした。悲劇のヒロインぶっていたのかもしれないと、自分に呆れて苦笑が漏れる。

「……ダメだね。自分に余裕がないと、簡単なこともわからなくなっちゃって」

「なんの話ですか？」

私が急に脈絡のないひとり言を言うので、東雲さんはまぬけな顔になった。私はふっと笑い、大事なことを思い出させてくれた彼女にお礼を言う。

「ありがとう、東雲さん。遅いかもしれないけど、夏くんとちゃんと話し合おうと思う。だから、彼のとこ、ろに……っ」

ところが、話している最中に突然吐き気が込み上げてきて、口元に手を当てた。

ちょっと待って、これも脳腫瘍のせい？　朝、ちゃんと薬飲んだよね？

……いや、飲んだ記憶がない。そういえば今朝も、数十秒意識がなかったと母が言っていた。ちょうど薬を飲もうとしていた時だったから、そのまま忘れてしまったんだ。

忘れた時はすぐ飲みなさいと言われている。とにかく、気持ち悪いしお手洗いに行かなきゃ。

そう思い、立ち上がった瞬間だった。「清華さん?」という声を最後に、スイッチが切れたかのごとくぷつりと意識が途切れた。

その直前、愛しい彼の姿がよぎった気がする。一気に暗闇に呑み込まれていく中、私を呼ぶ声だけがかすかに響いていた。

もう一度笑えるまで、あと数時間

世間ではお盆休みに入る直前、俺は勤務時間を終えても自分のデスクに座って事務仕事をしていた。時々スマホを見やるも、三日前に大阪へ行って以来、天乃から連絡が来ることはない。

軽く頭を振って彼女の残像をかき消し、無心で今日行った手術の記録をまとめている俺に、医局にやってきていた三浦さんが声をかけてくる。

「芹澤先生、まだやっていくんですか?」

「ああ、これだけやったら帰るよ」

短く返してすぐにキーボードを打ち始めると、帰り支度を整えた研修医も話に交ざってくる。

「先生、どうしたんですか? 一昨日ぐらいからずっとピリピリしてますよね」

「かと思えば、ランチのサラダと間違えてカレーにドレッシングかけるくらいぼーっとしてる時もあるし、先生の情緒が心配なんですけど」

怪訝そうに見下ろす三浦さんに言われ、再び手を止めて昼間に食堂で食べたなんとも言えない味のカレーを思い出す。

手術中はもちろん目の前の患者のことだけを考えているし、今のような事務作業中も気を抜かないようにしているのだが、食事中はそうもいかない。

「あのカレーは新境地だったね」

「そこじゃなくて」

三浦さんは無表情ですかさずツッコんだ後、腕を組んで小さく息を吐く。

「まあ、なんとなく想像つきますけどね。先生の様子がおかしい時はだいたい婚約者さん絡みですから」

「今度こそケンカしちゃいました？」

研修医がやや楽しげに聞いてくるが、そんなに楽観的な問題ではない。

やっと天乃と想いが通じ合って、身体も結ばれた。これ以上なにもいらないと思うほどの幸せを手に入れた矢先、プロポーズは断られ、彼女は俺の前から姿を消した。

連絡すらも取れず、いったいどうしたらいいのかわからない。避けられているのはあきらかなので、直接会いに行くのもためらってしまう。

『……昨日は幸せすぎたから、今日が来なければよかったのにって、思ってるだけ』

とても悲しげな顔で残していったその言葉からして、彼女は最初から俺のもとを去るつもりだったような気がする。あの一夜は、本当にただの思い出作りだったのだろうか。

天乃が俺を好きだと言ったのは、嘘だったとは思えない。だとしたら、俺から離れる理由はなんなのか。考えてもわからず、ここ数日は胸の痛みと苦しさが続く日々を過ごしている。

「ケンカ……だったらまだいいんだけどな」

ぽつりと呟くと、ふたりは顔を見合わせて同時に首をかしげた。そして、三浦さんが励ますようにぽんと俺の肩を叩く。

「とにかく、男女の問題は先送りしないで早めに解決したほうがいいかと」

「そうですよ。でないと、とんかつにケチャップかけて食べることになりますよ」

研修医もそう忠告するので、それは気をつけようと少しだけ笑いがこぼれた。

「じゃあ、お疲れ様でした」と会釈して帰っていくふたりを見送り、俺は再びパソコンに目を向ける。

そうしてまたしばらく経ち午後七時半になる頃、数人の医師しか残っていない医局に院長が姿を現した。挨拶をすると、彼は俺のところに向かってくる。

「芹澤先生、お疲れ様。仕事が終わったら、ちょっと院長室に来てもらいたいんだが」

「わかりました。すぐ伺います」

もう終わるところだったためそう答え、手元の書類を片づけ始める。

院長から直々に呼び出されることはあまり多くない。さすがにもう結婚話ではないだろうし、なんの用事だろうか。

ひとまず院長室へ向かうと、待っていた彼に応接セットのソファに座るよう促された。お互いに腰を落ち着けてすぐ、院長が「さっそく本題だが」と切り出す。

「鈴木《すずき》先生が来年あたりに引退を考えているのは知っているだろう？　彼とも話したんだが、後任として君に外科部長を頼みたいと思っている。鈴木先生も異論はないと言っていたよ。そうなれば、白藍では最年少外科部長になるな」

どこか満足げな調子で告げられたのは、意外にも昇進の話だった。自分がこの歳で外科部長に推薦されるとは恐れ多いが、鈴木先生はとても腕のいい医者なので、本当に引退してしまうんだなという寂しさのほうが強い。

ますます身の引きしまる思いで「ありがとうございます」と返すと、院長は真面目な表情でやや前屈みになる。

「そこで、君の信用問題に関わることだから聞いておきたいんだが……清華さんと婚約したというのは、嘘だったのかい？」

突然核心を突かれ、一瞬動揺しそうになった。しかし、すぐに東雲さんが話したのだと察する。

天乃には心配させたくなくてバレていない体を装ったが、実は先週東雲さんに呼び出されて病院の屋上で問い詰められたのだ。

『この間のパーティーで清華さんの様子がおかしかったので、疑惑が芽生えたんです。おふたりは本当に婚約しているんですか？』と。

東雲さんと天乃との間になにがあったのかはわからないが、確信している様子だったので取り繕うのはやめた。

それに、東雲さんはいつも真正面からぶつかってくる。こちらも相応に向き合うのが誠意ではないだろうかと思い、偽装だったと認めて騙してしまったことを謝罪した。

彼女は眉尻を下げ、とても落胆した様子を見せた。純粋な彼女には、偽装の関係など理解できないかもしれない。

『どうしてそんなことを……？』

『周りから結婚話を出されなくするため、っていうのがひとつの理由。もうひとつは、俺が天乃を好きだから』

目を見張る東雲さんに、俺は口角を上げて『彼女を手に入れたかったんだ。どんな形でもね』と、ざっくばらんに告げた。彼女はまだチャンスがあるのではないかと期待していたようだが、俺の想いを知って意気消沈していた。

正攻法ではないやり方は結局うまくいかないのかもなと、今の状況を嘲《あざけ》りながら院長をまっすぐ見つめ返して口を開く。

「そうです。騙すような真似をして、大変申し訳ありませんでした」

潔く認め、深く頭を下げた。院長はやや面食らった様子を見せたものの、眉をひそめて東雲さんと同じ質問をする。

「君ほどの人間が、周囲を欺いてまで婚約を装っていたのはなぜなんだ？」

頭ごなしに非難するでもなくまず理由を聞くところに、彼の温情深い人間性が表れている。

嘘がバレた際には真実を伝えるまでだと最初から決めていたため、俺はためらわずに話しだす。

「私はずっと、彼女に想いを寄せていました。ですが、ワケあって告白できずにいたんです」

「ほう……」

俺の話がよっぽど予想外だったのか、院長は目を丸くして興味深げに身を乗り出してくる。

「周囲からの結婚話を避けるために偽装婚約をしましたが、それ以上に彼女と密な関係になりたかった。一番近くにいて、彼女の気持ちを自分に向けさせ、嘘を本当にしようと目論んでいたんです。すみません、カッコ悪い理由で」

今になってみれば普通に告白すればよかったのにと、自嘲気味の笑みをこぼした。

数秒の間を置いて、院長がぷっと噴き出したかと思うと、急に声をあげて笑いだした。呆れられるか叱責されるだろうと思っていた俺は、意外な反応に目をしばたたかせる。

……いや、怒りすぎて笑えてきたとかか？

「いや、すまない。まさかそういう理由だったなんて予想外すぎて。手術は完璧な芹澤先生も、恋愛には不器用なんだなぁ」

院長はおかしそうにそう言い、「実はね」と秘密を打ち明け始める。

「私も妻に片想いしていたんだが、彼女に御曹司との見合い話が舞い込んでね。どうにか阻止したくて、その御曹司に話をして、私が見合い相手に成り代わったんだ。私にも決められた相手がいたから、皆大騒ぎだったよ」

「そう、だったんですか」

院長がそんな大胆なことをしていたとは。仲のいい夫婦だと知ってはいたが、ドラマのごとく大恋愛だったらしい。

表には出さないが内心結構驚いている俺に、彼は柔和な笑顔のまま話を続ける。

「自分がそうだったから、芹澤先生の気持ちもわかるし嬉しいんだよ。最近の若い子は淡泊だから、もっと積極的に恋愛したほうがいいと思ってるんでね。まあ、相手がうちの娘だったら万々歳だったんだが」

「……申し訳ありませんでした」

「ははっ、これぱかりは仕方ないさ。好きでもないのに結婚して、娘を傷つけられたらたまったもんじゃないからな」

あっけらかんと言う院長は、本当に寛大な人だ。もっと咎《とが》められてもおかしくないのに、俺のことを理解してくれるなんて。

肩の力が抜けていくのを感じていると、彼は真剣な眼差しを向けてくる。

「なんとしてでも手に入れたくなるほど好きな人に出会えたんだ。大事にしなさい」

温かな言葉をかけられ、尊敬と感謝の念を抱きながら「はい」と返事をした。

やはり天乃を手放したままではいられない。その思いもさらに強くなり、会いたい欲求が加速する。

自分にできることをやるしかないと決意して院長室を出ると、ドアの横に東雲さんが立っていた。俺たちが話し終わるのを待っていたらしい彼女は、やや気まずそうに俺を見上げる。

「お咎めなしでしたか?」

「ああ。君のお父さんは寛大だね」

話の最後に、院長は『誰に迷惑をかけたわけでもないし、問題にすることはないから安心してくれ』と言ってくれた。その懐の広さには感銘を覚えるほどだが、俺の返答次第ではこれだけでは済まなかったかもしれないな。

小さく頷いた東雲さんは、バツが悪そうな笑みを浮かべて本音を吐露する。

「私、先生たちに嘘をつかれていたのが悔しくて。父ならなにか罰を与えてくれるんじゃないかって、意地の悪いことを考えて告げ口したんです。でも本当に先生が好きなら、そんな風にしてないで幸せを願うべきなんじゃないかとも思っていたので……よかったです」

彼女は反省した様子でまつ毛を伏せる。

「私は自分のことしか考えてなかった。こういう女だから選ばれなかったんですね、きっと」

落ち込んでいるようだが、彼女は決して自分勝手ではないし、何事も素直に受け止められるところがいい部分だと思う。

「東雲さんには東雲さんのよさがある。俺はそれ以上に天乃に惚れていただけで、君を愛する人は必ずいるよ」

そう声をかけると、彼女は一瞬目を丸くした後、ふっと口元を緩めた。

ひとまず穏便に終わって胸を撫で下ろしていると、いくらかすっきりした表情になった東雲さんが問いかけてくる。

「清華さんとは本物の婚約者になれましたか？」

「……いや、ちょっと問題アリで」

歯切れ悪く答えると、彼女はこれまで見たことのない怒り顔に変化する。

「皆を騙しておいて、なにちんたらやってるんですか⁉」

「急に毒舌」

廊下には誰もいないが、万が一聞かれていたらまずいので静かに宥める。そして彼女の直球が痛い。

その時、ふと思いついた。そういえば、東雲さんはパーティーの時に天乃と話して異変を感じている。彼女が俺を避けるようになった原因の手がかりを掴めるかもしれない。

「東雲さん、パーティーの時に天乃の様子がおかしかったって言っていたよな？　どんな感じだったか詳しく教えてくれないか」

突然話の方向が変わって、彼女はキョトンとしていた。

東雲さんと話した後、俺は病院を出ると急いで天乃の自宅へ向かった。

彼女の話では、俺とのことをいくつか質問したが天乃はなにも答えなかったという。青ざめた顔をしているようにも見えたというが、本人も食べすぎて具合が悪くなったと言っていたし、そのせいだろうか。

なんとなく引っかかって胸をざわめかせながら、直接会って話をするに越したことはないだろうとインターホンを押す。しかし出てきたのは弟の楓くんで、タイミングが悪く会えずじまいだった。

なぜだか胸騒ぎが止まらない。こうしている間にも彼女がどこか遠くへ行ってしまうのではないかと、漠然とした不安に駆られている。

明日もう一度家に行ってみようと決めた翌日、午前中最後の外来の診察をしている最中に急患の連絡が入った。白藍のすぐ近くのカフェで、二十代の女性が突然意識を失って倒れ、全身が強張った様子だったという。その状況から脳に異常がありそうだとすぐに判断し、ひと通りの検査をするよう指示を出した。

診察を終えてすぐにMRI画像をチェックする。重い病気ではないようにと願いながら見るのはいつものことだが、今回はひと目見て眉をひそめた。

脳の中央あたりにある白い影。これはおそらく脳腫瘍、しかも悪性の可能性が高そうだ。画像だけで正確な診断はできないが、経験上この特徴的な映り方の腫瘍はよくないものがほとんどである。

二十代の女性だと言っていたな。まだ若いのに……と気の毒に思いながら患者の名前を見た瞬間、目を疑った。

「清、華……？」

――まさか。そんなはずはない。これはなにかの間違いじゃないのか。

ただの同姓同名であってほしいと、心の底で願ってしまう自分は医者として最低だ。だが彼女が自分の病状を知っていて、それで俺のもとから去ったのだとすれば納得できてしまう。

呼吸が浅くなり、手が震える。とにかく彼女のもとへ行かなければと、歩く感覚すらないような足で病室へ急いだ。

病室がある廊下にやってくると、ちょうどひとりの男性が中から出てくる。スーツ姿の彼……慎太も俺に気づき、浮かない顔で片手を軽く上げた。やつを見た瞬間、中にいるのが誰なのかを確信してしまった。

「慎太……」

「よぉ。さっきまで一緒に外回りしてたから、倒れたって連絡来て俺も心臓止まるかと思ったわ」

口調は軽いが、慎太もかなりショックを受けているのが伝わってくる。俺も同じ顔をしているだろう。

「あいつ、昨日俺と秋奈に病気を打ち明けたばっかりで、夏生には内緒にしておいてほしいって頼まれたんだ。お前のためを思ってなにも言わずに離れようとしたんだろうから、責めないでやってくれよ」

やっぱりそうだったのか。言えなかった気持ちもなんとなくわかるが、俺としては話してほしかった。自分でも気づく症状があったのだろうし、もっと早くに治療をしていればそれを和らげることができたのだから。

それになにより、つらい思いをしているであろう天乃の支えになりたい。彼女のつらさを、俺にも分けてほしいのに。

「俺のためって……知らないほうがつらいに決まってるだろ」

額に手を当て、荒ぶる感情を必死に抑えながら本音をこぼす。慎太は俺の気持ちもわかるのか、黙ったまま視線を落とした。

天乃はいつも予想外のことをして、笑わせたり幸せな気持ちにさせたりしてくれる。でも、こんな驚かせ方はあんまりだ。

その時、中から看護師が出てきたので、前髪をくしゃくしゃと乱してなんとか思考を切り替える。慎太は俺の肩をぽんと叩き、なにも言わずに去っていった。きっと言葉が見つからないのだろう。

看護師はいつもと違う俺の様子に若干戸惑いつつも、天乃の体調が今は落ち着いていることや今日に至るまでの経緯などを簡単に伝えてくれた。情報共有した後、ひとつ深呼吸をして病室の中へ入る。

彼女のベッドはカーテンが閉められていて、中から話し声がする。意を決して「失礼します」と声をかけ、カーテンを開いた。

いつもの元気がないお母さんと、上体を起こしてベッドに座る天乃がいる。彼女の顔を見るだけで、いろいろな感情が込み上げてくる。

「天乃……」

俺の口からはそれしか出てこない。彼女は気まずそうに長いまつ毛を伏せた。

ひとまずお母さんと挨拶をする。覇気《はき》のない笑みを浮かべた彼女は、「内緒にしていてごめんなさいね。天乃と話してやってください」とだけ言い、カーテンの向こうに出ていった。

ふたりになり天乃に顔を向けると、ようやく目を合わせた彼女が決まりの悪い笑みを見せる。

「……バレちゃったね。こんな形で知られたくなかったんだけどな。隠してたバチが当たったのか」

軽い調子で言うものの、空元気なのがひしひしと伝わってくる。俺はベッドに近づき、彼女の細く白い手を取って、力が抜けたように椅子に腰を下ろした。

「一緒にいたのに気づいてやれなくて、本当にごめん。医者失格だ」

両手で彼女の手を握り、怒りや後悔がごちゃ混ぜになった声を絞り出した。

責める言葉なんか出てこねぇよ、慎太。責めているのは俺自身なんだから。愛する人の不調にも気づかないで、なんのために医者をやっているんだ。

頭を垂れていると、華奢な手が俺の手を握り返す。少し顔を上げると、思いのほか力強い瞳で俺を見つめる天乃がいた。

「勘違いしないでね。ここまでバレなかったのは、私の意地の賜物だから。変わっていく自分を見られたくなかったし、夏くんの患者にもなりたくなかったから必死に隠してたの」

彼女は「結局、お粗末なことになっちゃったけど」と付け足して、いたずらがバレた子供みたいに笑った。そしてもう片方の手を伸ばして俺の頬にそっと触れ、眉尻を下げて微笑む。

「そんな顔しないでよ。夏くんは医者失格なんかじゃないんだから。私のせいで、そんな風に思ってほしくない」

そう言われてはっとした。天乃が内緒にしたまま離れようとしたのは、自分のせいで俺が悔やむことを恐れたからでもあるんじゃないか。どれだけ手を尽くしても助けられない脳腫瘍患者の話をしている場合じゃない。落ち込む俺を見たのだからなおさら。

自分を卑下している場合じゃない。天乃のために、今からでも全力を尽くさなければ。諦めるという選択肢など、どこにもない。

一番つらいのは天乃なのに、俺を思って微笑みかける彼女が健気《けなげ》で、なにより愛しくて、心にぬくもりを取り戻していく。

「天乃は強いな。俺なんかよりずっと」

「可愛げがないってこと？」

「やっぱり大好きってことだよ」

すねたように口を尖らせる可愛い顔を両手で挟み、いつもの笑みと甘い言葉をこぼした。そして、言い聞かせるように紡ぐ。

「天乃も勘違いするなよ。俺が悔やんでるのは病気を見抜けなかったことに対してで、絶望してるわけじゃない。天乃はこれからもまだまだ生きていくんだから」

最後のひと言で彼女の表情が曇り、一気に弱々しくなっていく。

「……私だって、そう信じていたいよ。でも私の腫瘍の場所は難しいからって手術は断られたし、全摘できる医者もいないって——」

「俺がいるだろ」

きっぱり言うと、天乃は大きく目を見開いた。

「他の医者が皆お手上げ状態だったとしても、俺ならできる可能性はある」

自分自身を奮い立たせるように、彼女の手をぎゅっと握る。

「俺に看取られる人は幸せだって言ってたよな？　天乃もその立場になるかもしれない。でもそれは今じゃない。もっと歳を取って、子供も孫もできてからの話だ。それまで俺も生きていたら、最期の瞬間を見届けるよ」

彼女の綺麗な瞳に涙の膜が張って、希望を取り戻したかのごとくさらに輝きを増していく。

「天乃の未来は俺が作ってやる。だから、全部俺に委ねてくれ」

力強く宣言すると、天乃は涙を溢れさせながらもまっすぐ俺を見つめ、決意したように「うん」と頷く。ほんの少し胸を撫で下ろし、華奢な身体を抱き寄せた。

このかけがえのない命を、絶対に繋いでみせる。愛しいぬくもりをしっかりと抱きしめながら、そう心に誓った。

それからお母さんともしっかり話し合って、東京の大学病院から白藍へと転院してもらうことにした。幸い手術のスケジュールもうまく都合をつけられ、最短の一週間後に行う予定だ。

天乃が入院した翌日、さっそく脳の血管に造影剤を入れる検査を行った。その日の手術をすべて終えた深夜に、俺はひとりデスクに座りその結果を黙って見つめる。

悪性の可能性が低くなればと希望を持って詳しい検査をしてみたが、やはり所見は同じ。ベテランのドクター数人にも見てもらったが、皆一様にグリオーマではないかという意見だった。

天乃が言った通り、腫瘍のある位置もとにかく難しい。これはたとえ良性であっても、神経や血管を傷つけずに全摘出するのは相当な腕と精神力が必要だ。とはいえ、できる限り取り去ってやろうという気持ちは変わらないが。

どうアプローチしようかと考えを巡らせていた時、スマホが鳴り始めた。着信の相手は父だ。スマホを手に取り「はい」と出ると、のんびりした声が聞こえてくる。

《元気だったかい？　愛しのわが息子よ》

「元気……とは言い難いね、ここ最近は」

《おやまあ》

なんてまぬけなリアクションだ、と一瞬気が抜ける。この父親は脳外科界隈《かいわい》ではわりと有名な医者で、自分の知識や技術を広めるために今もアメリカと日本を行き来している名医なのだが、普段はこの調子だ。

昔からあまり家庭にいない人だったが、帰ってきた時には大きな愛情を注いでくれた。だから母も秋奈も父を愛しているし、俺も彼を尊敬している。脳外科医を目指そうと決めたのも、無論父の影響だ。

母や秋奈とも仲よくやってるかと、ごく一般的な父としての会話をした後、彼の声が少しだけ真剣さを帯びる。

《どうだ、ＭＲＩ画像は見たか？》

「ああ。一カ月前と比べて大きさはほとんど変わっていないから、急激に育つタイプではなさそうだな」

父から送ってもらった画像と、今まさに見ていた画像を比べてそう言った。

俺が行おうと考えている手術についてあれこれ話すと、父のやや心配そうな声が聞こえてくる。

《夏生ならやるだろうと思っていたよ。でも、かなり難しい手術になるぞ》

「もちろんわかってる。それでも、希望を捨てたくはない」

天乃を救うには手術するしかないが、他の医者がそれを避けたがるのもわかる。だからこそ、俺がやらなければ。

彼女の苦痛を減らして、少しでも長く、幸せに生きていけるように。そうできるのは俺だけなのだ。天乃の未来を作ると宣言したのは口先だけではないことを、必ず証明してみせる。

迷いなく返すと、父は納得した様子で《そうか》と言った。彼が否定しないのは、俺を信じてくれている証拠。それが自信にも繋がるので、やはり父は偉大だ。

難しい話が一段落し、父の声音が柔らかくなる。

《いや〜それにしても、僕は驚いたよ。まさか天乃ちゃんが夏生のマイハニーだったとは》

「むず痒くなるような言い方するな」

つい数秒前まで医者として話していたのに、急にのほほんとしだす父に口の端を引きつらせる。天乃を好きだとはひと言も言っていないのに、なぜか感づいているらしい。この人はエスパーか。

天乃が最初に診てもらったクリニックの名前を聞いた時は、こんな偶然もあるんだなと俺も驚いた。天乃は、その時の医師が俺の父だとは気づいていないが。院長の苗字は柏だと思っているだろうから。

約一カ月前の状態も知りたかったので父に画像を送るよう頼んでいたのだが、早い段階で彼女の異常に気づいたのはさすがだ。脳腫瘍はできる場所によって出る症状は様々で、頭痛や手足の麻痺だけでなく視力に影響が出たりもするので、他の病気と見分けるのが難しい。

天乃の症状も、今思えばこの一カ月弱の中で思い当たることがいくつもあるが、うまくごまかされてしまっていた。俺と天乃が頻繁に会うようになったのは病気がわかった後からだから、父に先を越されたようで正直少々悔しい。

《天乃ちゃんなら、夏生のお嫁さんにするのも大歓迎だぞ。いい子だし、可愛いし》

「……父さんが可愛いとか言うと変態になりかねない」

《ばっかもーん！　孫みたいなもんだわ》

「娘じゃないのかよ」

ツッコミどころ満載で笑えてきて、一瞬悩みを忘れそうになる。

俺が選んだ相手を気に入ってくれるのは単純に嬉しい。手術を成功させたい気持ちもますます強まった。

寛大な父ばかりだなとほっこりしながら、「そのうち改めて挨拶しに行くよ」と伝えておいた。

天乃の腫瘍は言葉や記憶を司《つかさど》る機能に近いため、手術中に麻酔を覚まして会話しながら腫瘍を切除していく方法で行う。難易度の高い手術だが、大事な機能がどこかを確認しながらギリギリのところまで腫瘍を取り除くことができる。

頭を開いたまま意識を覚醒させる手術なんて、聞いただけでも恐ろしいだろう。当日パニックを起こさないようイメージしておくため、患者は手術の前日に看護師と一緒にオペ室を見学しながら説明を受ける。術中に写真を見せてそれがなにか答えてもらうテストをするので、その練習も行う。

天乃も同様で、見学や説明は三浦さんに任せた。婚約者だという話は一応してあるので、彼女は俺のことまで気にかけて『清華さん、全然怖がらずにドラマみたい！って興味津々に見てましたよ』と教えてくれた。

天乃らしいなと少しほっとするが、きっと内心は緊張と不安でいっぱいだろう。毎日仕事の合間に会いに行っているが、今日は特に時間を取ろうと思い、重要度の低い事務仕事は後回しにして彼女の病室へ向かった。

個室に移動しているのでふたりきりで静かに話せる。つかの間の幸せな時間を過ごそうとドアをノックしようとすると、なにやら中から声が聞こえてきた。

誰か見舞いに来ていたらしく、ノックするのをためらうと同時に中からドアが開いた。「うわ」とやや驚いた声をあげて目を丸くするのは、わが妹。なんだか久々に会った気がする。

「秋奈も来てたのか」

「うん、もう帰るとこだけど。天乃、またね！　明日は貴重な体験ができると思って頑張りなよ」

「ありがとー！　頑張る」

病室の中からいつもの声が聞こえ、それだけで心が安らぐ。しかし笑顔で手を振った秋奈は、「ちょっと」と言って俺の白衣を引っ張り、なにかを話したそうにする。

廊下に留まったままドアが閉まると、秋奈は浮かない表情になって控えめな声で話しだす。

「さっきね、天乃が指輪を失くしちゃったって泣いててさ。私も一緒に捜して無事見つかったんだけど、あんなに情緒不安定な天乃見たことなかったから心配で」

「指輪……」

それは俺があげたものだろうか。入院中はつけられないが、お守り代わりにしたいからケースに入れて持っていると言っていた。そんなに大事にしてくれているのは嬉しいが、確かに泣くほどだと少し心配になる。

「やっぱり明日の手術が不安なのかもな」

「それもあるんだろうけど、指輪をケースから出した記憶がないのも怖いみたい。ちょっと前の話をしても覚えてないところがあるし、メッセージも誤字脱字が結構あるのよ。なんか、だんだん天乃が天乃じゃなくなっちゃうような気がして……」

秋奈は言葉を詰まらせ、ふいに泣きそうな顔になる。

「あの子、なんにも悪いことしてないじゃん。のうのうと生きてる極悪人もいるのに……なんで天乃なの？」

声が震え、瞳にみるみる涙が溜まっていく。秋奈もきっと、自分でいろいろと調べて不安になっているのだろう。

俺も、どの患者に対しても同じように考えてしまうし、神様なんていないのだと思い知らされることばかりだ。天乃がこうなってからは、これまでにないほど病が憎い。

だが、負けると決まったわけじゃない。必死に涙を堪える秋奈に手を伸ばし、子供を慰めるように頭を撫でる。

「天乃はなにも変わらないし、また皆で遊べるようになる。絶対、俺がそうするから」

医者は特に責任を持てないことを言ってはならないが、俺は本当に手術を成功させられると思っている。

秋奈にそれが伝わったのかはわからないが、すがるように俺を見上げる。

「兄貴のこと信じるからね。嘘ついたら激マズハンバーグ食べさせるからね」

「天乃が作ったやつがいい……」

不満げに呟く俺に、秋奈は「贅沢言うな」と返し、涙目のまま少し笑った。

帰っていく彼女を見送り、やっと病室に入る。天乃はいつものように明るい笑顔を見せるが、若干赤くなった目は隠せない。

「忙しいのに、いつも来てくれてありがとね」

「俺が会いたいから来てるんだよ」

当然のごとく返して、嬉しそうに微笑む彼女のそばに歩み寄る。椅子に座り、指輪をはめずに指先で弄っている彼女に手を重ねた。

「指輪、新しいの買わないとな。緩いから外れやすいだろうし」

それで失くしそうになったのかもしれないし、早く用意したいなと思っていると、天乃は物憂げな顔でぽつりと呟く。

「……この指輪をくれた時、なんて言ってくれたっけ」

「え？」

「細かい会話が思い出せないの。花火大会の時も、大阪に行った時も。夏くんとのことだけは絶対に忘れないようにしようって、この一カ月思い出を作ってきたのに。全部、忘れたくなんてないのに……」

指輪を見つめる瞳に、再び涙が滲む。

天乃の気持ちは痛いほど伝わってくるので、どうにかしてそれを和らげてあげたい。

「大丈夫だ。腫瘍を取れば記憶障害もよくなる」

「それも一時的なんでしょ？　少しでも腫瘍が残ってたらまた大きくなって、何回も手術しなきゃいけないじゃない。そのうち話せなくなって、夏くんの名前もわからなくなったらやだよ……」

ぽろぽろと涙をこぼして本音を吐露する彼女を、俺は思わず抱きしめていた。病気がわかってからも俺の前では明るく振る舞っていたが、きっと心の中ではこうして叫んでいたのだろう。

「天乃は不本意かもしれないけど、俺はお前が生きてるだけで十分だよ」

しっかりと抱きしめたまま、優しく髪を撫でて嘘偽りのない想いを伝える。

「天乃が倒れてここに来た時、もちろんショックだったけど、正直ほっとした部分もあったんだ。もう会えないんじゃないかって不安だったから。天乃がいないと生きた心地がしないんだよ」

俺のほうが病人なんじゃないかと思うほど、飯も喉を通らないしうまく笑えない。たとえ天乃と意思疎通ができなくなったとしても、このぬくもりに触れていさえすれば幸せを感じられる。

天乃はおもむろに身体を離し、泣き腫らした目で俺を見つめる。

「こうしてることも、忘れちゃうかもしれないのに？　こんな私で、本当に嫌じゃないの？」

「心配性だな」

クスッと笑い、指輪をつまみ上げて彼女の左手を取る。父には勝手に挨拶に行くなんて言ったが、ちゃんとプロポーズの返事をもらっていないことを思い出した。

薬指にぶかぶかの指輪を通す。今だけでも、俺のものだという証をつけてほしい。

「もし天乃が忘れても、何度でも話すし毎日プロポーズする。毎日、愛してるって伝える」

俺の目に映る、愛しい顔がくしゃっと歪む。

「なにも心配はいらない。だから、俺と結婚して」

真剣な想いを伝えると、彼女の瞳から宝石のような雫がいくつもこぼれた。子供みたいに泣きながら、こくりと頷く。

「……うん、ありがとう。夏くんの、お嫁さんになる」

やっと承諾してくれた彼女の口角が上がって、俺にも笑みが生まれた。

唇を寄せ、涙味のキスをする。

病気であってもなくても、一生そばにいたい気持ちは変わらないのだと、これからも伝え続けていこう。

夜が明け、運命の手術当日を迎えた。朝九時、オペ室に入る天乃にあえて緊張感のない声をかける。

「傷は髪で隠れるようにうまいことやるから、カツラの心配はいらないよ」

「ウィッグって言ってほしいなぁ、なんとなく」

肩の力が抜けた軽い会話をする彼女は、昨日よりもだいぶ落ち着いた様子で笑っている。

「終わったらまたいろんなところに行こうね」

「ああ、約束。頑張ろうな」

気を張りつつも笑みを向けると、彼女は覚悟を決めた表情でしっかり頷いた。空元気ではなく、いつもの前向きさが戻ってきたように感じられたので、少し安心する。

今日の手術には、俺たちの他に脳脊髄腫瘍医や、聴力や言語機能の検査・訓練などを行う言語聴覚士らが集まっている。たくさんの医師と様々な機器に囲まれる中、手術台に横になった天乃に麻酔をかけ始めた。

深呼吸して雑念を振り払う俺を、三浦さんがやや心配そうに見ている。

愛する人の脳を切り裂くのだからいつも以上に緊張感があるが、もちろん冷静さは保っている。〝問題ない〟と目で合図し、執刀医として完全に意識を切り替えて手術の開始を告げた。

覚醒させた時に動かないよう、しっかりと固定した頭に麻酔を注射し、皮膚を切開していく。脳を包む硬膜に到達するまでは、普段の開頭手術と大きな差はない。

硬膜を開けた時点で鎮静剤などの投与を一旦やめ、天乃の目が覚めるのを待つ。

俺の手元では腫瘍と脳の表面が見えている状態だが、脳の細胞自体には痛みの感覚がないのでこんなことができるのだ。

意識が覚醒してきた天乃に、麻酔科医が「起きてくださーい」と声をかけて起こす。

「お名前言えますか？」

「清華、天乃です……」

手術中に彼女の声が聞こえるのは不思議な感覚だ。

まずは脳を刺激しながら手足を動かしてもらい、他の医師と連携しながら運動機能を司る領域を、次に言語の中枢部である言語野という領域を確認していく。これらはおおまかな場所が決まっているものの、境界ははっきりしたものではなく人によって異なるので、こうして確かめる必要があるのだ。

この後は言語野に癒着《ゆちゃく》している腫瘍を摘出する、最大の山場となる。俺のほうから彼女の顔は見えないが、「順調だからな。気をラクにしておしゃべりしていて」と声をかけ、バイポーラという腫瘍を焼き切る器具を手にした。

言語聴覚士があらゆるテストを始め、最初はたどたどしかった天乃も、徐々に慣れてきたようで順調に質問に答えている。それを聞きながら常に運動機能や言語機能に異常がないかを確認し、少しずつ腫瘍を切除していく。

そうして数十分が経過したが、腫瘍がこれまであまり見たことがない独特な見た目をしていて俺は違和感を抱いていた。妙だなと眉をひそめるも、腫瘍には変わりないので手を動かし続ける。

術後に障害が出る寸前まで腫瘍を切り取るのは毎回神経がすり減らされるが、愛する人が相手となるとなおさらだ。しかし当の本人は、覚醒しているとはいえ酔ったようにぼーっとしている状態なので、のんびりした声が聞こえてくる。

「ねむ……」

「清華さん、頑張って起きててくださーい！」

他の医師が大きめの声をかける。なんとか起きていてもらわなければ。反応を確認できないと、腫瘍と神経との境目がわからない。

そうして少しずつ確実に切っていくにつれて、俺の違和感は大きくなっていた。腫瘍は確かに複雑に癒着しているのだが、予想以上に剥離が難しくないのだ。

これはもしかして……とひとつの可能性がよぎった時、テストが長く続くと患者が飽きてしまうため、三浦さんが天乃の仕事についての雑談を始める。

「清華さんはヨージョー食品にお勤めなんですよね。白藍でもたくさん使わせてもらってます」

「あ……ありがとうございます。栄養士さんが贔屓にしてくれるおかげです」

「ドクターからも聞いてますよ。清華さんが薦めるものは患者さんがちゃんと食べてくれるって」

「ふふ、嬉しいです。私、夏くんの力になりたくてあの会社に就職したので。……あ、芹澤先生か」

寝ぼけているような調子で話す彼女の口から、突然俺の名前が出てきて驚いた。

三浦さんは少々嬉しそうに「そうだったんですね」と返すが、パーティーにいなかった医師たちは俺たちの関係を詳しく知らないので目を丸くしている。

天乃は俺がここにいることを忘れているのかわからないが、今の仕事を選んだ理由を話し続ける。

「彼は医者だから、私は違うほうからサポートできたらなって。患者さんを助ける、お手伝いがしたかったんです」

慎重に数ミリ単位でバイポーラを動かす俺の頭の中では、バーベキューでの会話がリンクする。あの時好きだと言った相手は、まさか俺だったのか？

それを肯定するかのごとく、彼女の口からたどたどしくも優しい声が紡がれる。

「その頃から、大好きだったんです。私にとって……最初で最後の、愛する人です」

――思いがけない告白。

不覚にも目頭が熱くなり、モニターを映す視界が滲んできたので慌てて器具を脳から離した。ほんの少しでも手元が狂ったら終わりだ。

手術中に告白するなんて、本当に予想外のことをするよな。天乃に想われることが俺にとってどれだけ嬉しくて幸せか、お前はきっと自覚していないんだろう。

「それは手術が終わってから直接伝えてくれよ……」

瞬きで視界をクリアにしながらボソッと呟く俺に、三浦さんが優しい眼差しを向けるのがわかった。長い片想いをしていたと知っている彼女だから、きっと後で『よかったですね』などと言ってきそうだ。

一度深呼吸をし、再び意識を集中させて切除を再開する。スムーズだった会話が突然途切れる部分を確かめていき、俺の頭の中で〝天乃の脳の地図〟が完璧に作れた。

「言語野の位置がわかった。限界まで攻める」

俺の言葉に皆が気を引きしめ直すように返事をし、残りの腫瘍を慎重かつ大胆に焼き切っていく。

後遺症も腫瘍も、悪いものは絶対にひとつも残さない。また俺の顔を見て、笑って、心からの声を聞かせてくれ。

ふたりで幸せになるまで、あと0秒

病気になってから、眠るのが無性に怖くなった。

もしもこのまま目が覚めなかったらどうしよう。そんなことにはならないとわかっていても、どうしても考えずにはいられなかった。

でも、眠る前にあなたの顔を見て、声を聞けたらそれだけで、これが最後だとしても幸せなんじゃないか。

そう思えるようになったのは、あなたが無償の愛を与えてくれるから。

……だけどやっぱり、できることなら明日も目を合わせて、愛してると伝えたい。

＊　＊　＊

——意識が浮上してきて、真っ先に聞こえてきたのはいろいろな機器の音。瞼を持ち上げるのもやっとで、しっかり開ききらない視界に最初に映ったのは、目を見開く父の顔だった。

「天乃⁉　おい、天乃が目を覚ましたぞ！」

父が叫ぶと、母も「天乃！」と呼んで私を覗き込んだ。その横から楓も心配そうな顔を覗かせ、私はぼんやりと状況を把握する。

ああ、手術が終わって……ＩＣＵにいるのか。皆、待っていてくれたんだ。顔が見られてすごく嬉しいけれど、まず父にひと言物申したくてなんとか口を動かす。

「お、父さん……声、大きい」

「はっ！　すまん、つい！」

「だからデカいって」

楓が即座にツッコみ、他の患者さんに申し訳なくなりつつも、ふっと笑ってしまった。まさか目覚めて一発目の言葉が父への注意になるとは。

そんな父はさておき、母が焦燥に駆られた様子で問いかける。

「私たちがわかるのね？」

「わかるよ」

小さく頷くと、母が安堵した様子でみるみる涙を浮かべた。まだ頭がぼーっとするけれど、ちゃんと皆の顔も名前もわかるし自然に言葉も出るので、私もほっとした。

数分後、皆が誰かに挨拶したかと思うと、白衣を着たお医者様がこちらに駆け寄る。

それが夏くんだとわかった瞬間、自分の意識と一緒に眠っていた愛しさが込み上げてきた。

彼はそこはかとなく不安が混ざったような真剣な表情で私を見つめ、家族の前にもかかわらずそっと頬に手を当てる。

「天乃、俺がわかるか？」

「……うん。夏くん」

また顔を見て、名前を呼べるだけで本当に嬉しい。きっと彼も同じだろう。凛とした瞳がほんのわずかに潤むのを見て、胸がいっぱいになった。

次いで足が動かせるかを確認され、やってみるとこちらもちゃんと動く。

「手も握れる？」

夏くんは目線を私と同じくらいにして右手を取る。

力は入らないものの、その手をゆっくり握り返すと、愛しいぬくもりが伝わってきて心が安らいだ。手術中も彼の声が聞こえたから、心細くはなかったけれど。

「あったかい……。また手を繋げて、嬉しい」

ゆっくり口を動かしてそう伝えて微笑むと、彼は込み上げるものを堪えるように一度唇を結んだ。

「これからもずっと繋いでるよ。……よかった、よく頑張ったな」

微笑んではいても瞳は潤み、若干声が震えている。私が自力で手足を動かし、ちゃんと話せていることに心底安堵したのだろうとわかる。いくら腕がいいとはいえ、彼も怖くなかったわけではないだろう。

しっかりと握った手を自分の頬に当てて目を閉じる彼に、私ももらい泣きしそうになりながら「ありがとう」と何度も伝える。家族三人も胸を撫で下ろした様子で、私たちを優しく見守っていた。


九時間に及ぶ手術は無事終わったものの、それからICUで過ごした一日が最高につらかった。

頭を切った傷が痛み止めをもらっても痛くて、自力では寝返りも打てない。おかげでほとんど眠れず、体勢を変えたくなるたび看護師さんを呼ぶのも申し訳なかった。

薬のせいなのか脳を弄ったせいなのか、吐き気もすごくて食事もまったく受けつけず、しばらくは水分を採るのもやっとだった。

とはいえ夏くんのオペは完璧で、あんなに綺麗に腫瘍を取れる人はそうそういないと、手術に関わった様々な科のドクターたちが舌を巻いていたらしい。最低な気分の中でも、その話を聞いた時は胸が高揚した。

ただし、たとえほんのわずかでも残っていたら悪性腫瘍は再発する可能性が高い。またこのつらさを味わわなければいけないのかと思うと気が滅入るし、正直もう手術したくはないが、彼と生きるためには頑張るしかない。

ここに入院してから、夏くんは毎日私に会いに来てたくさん温かい言葉をかけてくれる。

二度目のプロポーズも、涙が止まらなくなるほど嬉しかった。彼から無償の愛を与えられて、私は幸せ者だと断言できる。

入院するまでは、余命は平均でしかないとわかってはいても、どうしても近い未来に死を感じていた。でもまったく諦めていない夏くんを見て、奇跡を信じてみようという気持ちになった。

いや、奇跡は起こらなくても、最期の瞬間まで彼といたい。心の底ではずっとそう望んでいたのに、彼の重荷になるのが怖くて逃げていただけなんだ。もう、ひとりよがりの自分には戻らない。

傷の痛みと気持ち悪さを抱えながらそんなことを思い、早く普通の生活に戻りたい一心で耐えていた。

一般病棟の個室に移ってからもしばらく不調が続いていたものの、手術の三日後ぐらいから徐々によくなり、言語のリハビリを始められるまでになった。まだ記憶力が戻らなくてショックだったけれど、リハビリを続けるうちに元通りになるそうなので待つしかない。

ずっと車椅子で移動していたのが自力で歩けるようにもなり、体力も落ちているとはいえちゃんと手足が動いて安堵している。

なにより、普通に話せるのが嬉しい。毎日家族の誰かと夏くんが会いに来て話し相手になってくれるから、寂しさも感じずに過ごせている。

手術から六日後、この日はリハビリがなく一日中ベッドでゴロゴロしていた。すると病室のドアがノックされ、ふわっとした長い髪の女性がその可愛い顔を覗かせる。

「東雲さん！」

姿を現した彼女に思わず声をあげた。私が倒れた時、東雲さんがすぐに助けを呼んでくれたようなので、ずっとお礼を言いたいと思っていたのだ。

お見舞いの品らしき紙袋を手にした彼女は、にこりと微笑んで会釈する。

「こんにちは。もっと早くにお見舞いに来たかったんですけど、私が行こうとする夕イミングで必ず芹澤先生がべったりだったから、なかなか来れなかったんです」

「あー……ははは」

これは嫌みなのか?と思いつつ苦笑いするも、東雲さんは気まずそうにまつ毛を伏せて椅子に腰かける。

「まあ、病気だったと知って、どう顔を合わせればいいのかわからなかったせいもあるんですけど……」

そうだよね、突然目の前で倒れられたら相当動揺するはず。私は姿勢を正して彼女に深く頭を下げる。

「この間は迷惑かけて本当にごめんなさい！　東雲さんが病院に連絡してくれたって聞いて、ずっとお礼を言いたかったの」

「いえ、人として当然のことですから。びっくりしたし、怖かったですけど」

両手を振ってそう言った彼女は、真面目な表情になって話しだす。

「清華さんが『遠くへ行く』と言っていた理由もわかりました。病気だから、彼の負担になりたくなかったんですよね。でも、清華さんがいないほうが先生は元気をなくしてましたよ」

そういえば、看護師の三浦さんも『清華さんが入院してからのほうが、芹澤先生が生き生きしてるんです。病気はもちろん心配なんだけど、毎日会えるのが嬉しいんでしょうね』と呆れたように笑っていた。

私が一度去った時、そんなに落ち込んでしまったのかと思うと、離れるのはまったく彼のためではなかったのだと思い知らされる。

「好きならそばにいればよかったのにね。中途半端なことして逃げただけで、なにも彼のためになっていなかった」

「でも、清華さんはそれが先生にとって一番いいことだと思ったんでしょう。私は自分の気持ちを最優先にしてしまっていたので、そこまで相手のことを考えられるのはすごいです」

俯きがちになっていた顔を上げると、東雲さんはバツが悪くなったように苦笑を漏らした。

「私は、力を持っている父をあてにしているところもあったし。こんな女に魅力なんてないですよね。そう気づいたから、先生がどうすれば幸せになれるのか自分なりに考えて、あの日清華さんと話そうって思ったんです」

ああ、だから夏くんが大変なことになるって教えてくれたんだ……。

そう思い出した瞬間、あの日話した内容も蘇ってきてはっとした。倒れる直前の記憶は曖昧だけれど、確か院長に呼び出されたとか言っていたはず。

「あの、夏くんはどうなったんですか？　昇進に関わってくるっていう話は」

急に焦りが募り、身を乗り出して問いかけた。東雲さんは目をしばたたかせた後、ふっと口元を緩める。

「ああ、大丈夫ですよ。芹澤先生が潔く真実を打ち明けたこともあって、お咎めなしになりました。実は清華さんに話した時には、すでに話はついていたんです」

「そうだったの⁉　じゃあ、東雲さんはあえて私を焚《た》きつけようと……？」

「はい。結局入院になっちゃったので、意味なかった気もしますけどね」

ざっくばらんに言った彼女は、表情をほころばせて「それに」と続ける。

「もし周囲に嘘がバレてしまったとしても、ふたりを見れば皆納得しますよ。これで両想いじゃなかったらおかしいくらい、愛が溢れてるのがわかりますから」

穏やかに言われ、気恥ずかしさを抱きつつも嬉しくなった。

私たちはもう偽装ではなく、本物の婚約者になっている。夏くんはこの入院中に、双方の家族に結婚したいと話していたようで、すでに公認となっているらしい。

私の知らないところで話が進んでいて驚くけれど、胸を張って彼のパートナーだと言えるのは本当に幸せだ。

少しおしゃべりした後、東雲さんはスイーツが入っている箱を置いて「早く退院できるといいですね」と微笑んで帰っていった。

最初は天然の箱入り娘という感じだった彼女、なんだかとても大人びて頼もしくなった気がする。きっとこの先、もっと素敵な恋をするだろうと確信するほどだった。

翌日の夕方、リハビリを終えた私はたまたま会った三浦さんと一緒に病室へ戻る。

手術の前に丁寧に説明してくれた彼女は、クールに見えて話してみるとわりと気さくな人で、私はすぐに好きになった。

今も、まだ体力が完全には戻らない私を気遣ってくれる。ゆっくり歩きながら手術中に覚えていることについて雑談をしていると、病室に入ると同時に彼女はさらりと言う。

「あの時、芹澤先生に向けて大好きだって言ってたじゃないですか。手術中に告白する方なんて初めてですけど、いいものを見せてもらいました」

あまり表情は変わらないものの満足した様子が伝わってきたので、かあっと顔が熱くなった。

夏くんには全部想いを伝えたつもりだったけれど、ひとつだけ忘れていたことがある。バーベキューの時に好きだと言ったのは夏くんのことだよって、手術前に思い出したため、万が一障害が残った時のためになんとか伝えておきたかったのだ。

それで頭を開いている最中に言うという暴挙に出たわけだが、その場にいた皆に聞かれていたのは恥ずかしすぎる。私自身はうろ覚えだからまだいいけれど、夏くんはいたたまれなかったかもしれない。

「他の先生方も聞いていたんですもんね……。夏くん、弄られてないといいけど」

「大丈夫ですよ。むしろ皆〝よかったねぇ〟ってほっこりしてましたから」

三浦さんは私をベッドに座らせ、穏やかな表情で話を続ける。

「院内では有名だったんですよ、芹澤先生が片想いしてる人がいるっていうのは」

「えっ、有名？」

「告白してきたり結婚を迫ってくる人には、いつも〝好きな人がいる〟と言って断っていたので。婚約者がいるって話題になった時も、ようやくそのお相手と結ばれたんだなって祝福ムードでした」

思いがけない事実を聞いて目を丸くした私は、じわじわと胸の奥から熱が帯びるのを感じた。

てっきり、相手をほったらかしにしてしまうからという理由で断っているものだとばかり思っていた。好きな人って……私、でいいんだよね？　うわ、なんか嬉しくてくすぐったい。

だから偽装婚約をしても大半の人には疑われなかったんだなと納得しつつ、両手を頬に当てて呟く。

「まさかそんなに一途だったとは……」

「それは清華さんも同じですよね」

私の顔を覗く三浦さんにわずかに微笑まれ、頬は熱くなるばかり。

ほっこりした雰囲気に包まれていたその時、ノックの音がしたかと思うと勢いよくドアが開かれた。

「天乃！」

なんだか焦った様子の夏くんが入ってきて、私も三浦さんも目を丸くする。

「噂をすれば……というか先生、もうカンファレンスの時間では」

「少し遅れるって言っておいた。結果が出たんだ、病理診断の」

ベッドに接近してくる彼の言葉に、ドクンと心臓が大きく揺れた。いよいよわかってしまうのか、腫瘍の正確なグレードが。

一応心の準備をしたかったのに、夏くんはその時間すら与えず、私の肩に手を置いて口を開く。

「良性だ」

「……え？」

短く告げられたひと言に、私の口からまぬけな声がこぼれた。

今、良性って言った？　悪性なんじゃないの？

手術の後遺症で脳がバグったんじゃないかと一瞬思ったものの、彼はもう一度しっかりと告げる。

「良性だった。誰もが悪性だと疑うほど、ものすごく珍しい症例だったんだよ」

聞き間違いでもない予想外すぎる結果に、私は唖然とするしかない。都合のいい夢かとまだ疑う私に、夏くんも信じられないといった調子でひとまず簡単に説明する。

脳腫瘍には百五十以上の種類があり、詳しい情報がほとんどない症例もある。私の腫瘍はその数少ない症例のうちの髄膜腫らしい。ＭＲＩなどの手術前の検査ではわからない、特異的な成長をするものだと。

たくさんの種類があるというのは前から聞いていたけれど、どのお医者様も、夏くんでさえも悪性だという所見だったから、それは間違いないのだろうと思っていた。

まさか、そんな希少なものだったなんて。

「手術の最中、いつもの悪性腫瘍とはなにか違うって感じていたんだ。もしかしたら……と思ったけど、あまり期待させてもいけないから言わなかった。でも、これではっきりしたよ」

夏くんの表情が晴れ晴れとしてきて、徐々に本当なんだと実感が湧いてくる。聞いていた三浦さんも、口元に手を当てて「奇跡だ……！」と感激の声を漏らした。

私は呆然と彼を見つめたまま確認する。

「もう、手術しなくてもいいってこと？」

「ああ。きっと大丈夫」

「……私、まだまだ生きられるの？」

「そうだよ」

はっきり肯定した夏くんは、私の両手を握って感極まったような笑みを浮かべる。

「おじいちゃんおばあちゃんになるまで、一緒に生きよう」

消えかけていた夢が、再び色づいて輝きだす。ぶわっと瞳に熱いものが込み上げて俯く私を、彼がしっかりと抱きしめた。

安心する逞しい腕の中、白衣にしがみついて嗚咽《おえつ》を漏らしていると、静かにドアが開く気配がした。直後に、若い男性の声が響く。

「あっ、芹澤先生⁉　もうカンファレンスが始ま——！」

「はいはい、空気を読むのも仕事のひとつですよ、研修医くん」

彼の言葉を遮って三浦さんが言い、なんだか慌ただしくドアが閉まって再びしんとした病室に戻った。

おそらく気を利かせて出ていこうとした三浦さんがドアを開けた瞬間、夏くんを捜していた研修医さんがたまたま通りかかったのだろう。夏くんと顔を見合わせ、ぐすっと洟をすすりながらも笑ってしまった。

彼の指が、濡れた私の頬を拭う。そのままどちらからともなく顔を近づけ、唇を重ねた。

優しく、慈《いつく》しむようなキス。角度を変えて体温を分け合うと、夏くんは医者から恋人の顔に変わって甘く微笑む。

「個室でよかった。周りを気にせず、何度でもキスできる」

「こんなことしてていいの？　忙しいんでしょう」

「愛する人に奇跡が起こったんだ。これぐらい許されるだろ」

当然のごとく言いきり、ドヤ顔をする彼にふふっと笑った。

私についていた死神がどこかへ去っていったのだ。それはまさに奇跡だけれど、なんの障害もなく難しい手術を終えられたのは夏くんの神懸かった腕のおかげに他ならない。

「今、私が普通に話せてるのは奇跡じゃなくて、間違いなく夏くんのおかげだよ。私を救ってくれて本当にありがとう」

感謝してもしきれない思いを、精一杯の言葉にして伝える。彼は慈愛に満ちた笑みを浮かべ、「当然のことをしたまでだ」とさらりと返した。

彼が繋いでくれた命を、これからも大事にして生きていこう。支えてくれる大好きな人たちに恩返ししながら。

手術から約二週間後、体力も記憶力もだいぶ戻ってきた私は、検査も特に問題なく退院できた。

腫瘍は本当に全摘できていて、放射線治療も必要ないほどだった。これから必ず定期的に検査を受けなければいけないが、全摘できた髄膜腫の場合は十年以内に再発する可能性は数パーセント程度なので、ひとまず安心だろう。

会社にも無事手術が終わり、また働けるようになった旨を報告すると、部長がとても喜んでくれていた。復帰した暁《あかつき》にはこれまでと変わらない仕事を任せてもらえそうで、こちらもほっとしている。

早く復帰したい気持ちはヤマヤマだが、しばらくは家で養生しなさいと言ってもらえたので、お言葉に甘えてゆっくりすることにする。

その間に夏くんのマンションで暮らす準備を進めることになり、芹澤家にも挨拶をしに行った。

そこで私は驚愕したのだ。紹介された夏くんのお父さんは、なんと私を最初に診てくれた柏先生だったのだから。

デザイン性の高い豪邸の玄関のドアが開かれた途端、「天乃ちゃ～ん！」と両手を広げて登場した彼に、私は目が点になった。

「えぇえっ、柏先生……⁉」

「ほほっ。柏は本名じゃないんだけど、あだ名で呼んでくれていいよ～」

あの時と同じ朗らかさで笑う彼は、よくよく見れば夏くんと似ている……が、結構お年を召しているから言われなければ気づかない。苗字も違う……というか、『柏脳神経外科クリニック』という名前から、柏が院長の苗字だと思い込んでいたし。

夏くんはあえて言わなかったみたいで驚く私を見て笑っていて、秋奈は「そういえば教えてなかったっけ。ごめーん」としれっと謝っていた。まったくこの兄妹は。

まさかの関係に驚愕しつつ、久々に会ったお母さんも快く迎えてくれて、リビングに移動して食事会を始めた。

シェフを呼んで作ってもらったという豪華な料理をいただきながら、なぜクリニックの名前が苗字ではないのかを柏先生、もといお父さんが教えてくれる。

「ちゃんと芹澤の名前をつけた病院もあるんだけどね、僕のこと知ってる人が殺到しちゃうと困るから、あのクリニックはわざと名前変えてるの」

「この人、こう見えて脳外科界隈では有名なのよ」

相変わらず可愛いおじいちゃんといった調子の彼に、お母さんが補足した。ふたりが揃っているのは初めて見たものの、仲のよさが伝わってきてほっこりする。

患者さんからそんなに人気だなんて、お父さんは本当に素晴らしい名医なんだな。夏くんが彼を目指して脳外科医になったのも頷けるし、親子そろってスーパードクターになるとはすごいことだ。

「それに、僕が白藍を紹介すると、息子だから薦めたんじゃ?って思われたら嫌だって夏生が言うもんだから」

「親の七光りだとは思われたくなかったからな。でも、かしわ餅が好きだからって柏にするとは思わなかった」

「名前の由来、それ⁉」

夏くんの発言を聞いて私は思わずツッコんでしまい、皆が笑った。お父さんもなかなかぶっ飛んでるな……。

彼は上機嫌で食事しながらも、ふいに苦笑を漏らす。

「それにしても、天乃ちゃんの腫瘍にはすっかり騙されちゃったよ。僕もいろんな症例を見てるし、この髄膜腫の存在も知ってはいたが、実際に執刀したことはないからなぁ」

「ああ。さっそく症例報告させてもらったから、もっと知見が普及するといいな」

お父さんの言葉に夏くんが頷き、真面目な調子でそう言った。

そっか、私の病気が誰かの役に立つかもしれないんだよね。だとすれば、この病を患ったのにも意味があったと思える。

いつか悪性脳腫瘍になっても寿命を長くするような治療法ができてほしいと強く願っていると、親友であり家族にもなる秋奈が嬉しそうに言う。

「とにかくよかったわ。兄貴ともめでたく結ばれたし、大恋愛漫画をリアルに見せてもらった感じ」

「『天乃が死んじゃったらどうしよう～』って大泣きしてたくせに」

お母さんに茶々を入れられた秋奈は、「そりゃ心配するでしょーよ！」と顔を赤くしていた。

秋奈も慎ちゃんも入院中にお見舞いに来て、たくさん励ましてくれて嬉しかった。夏くんや家族と同じくらい心の支えになってくれるふたりも、ずっと大切にしていきたい。

私たちを微笑ましげに眺めるお父さんが、落ち着いた声を投げかける。

「病気も一大事だが、家族になるっていうのも大変なことだ。これからもいろいろな問題が起こるだろうから、お互いに支え合って生きていっておくれ」

酸いも甘いも噛み分けてきたであろう彼の言葉に、私はしっかり「はい」と返事をし、夏くんも静かに頷いた。

挨拶を終えた私たちは、九月九日に婚姻届を提出した。この日に特に思い入れがあるわけではなく、夏くんがお医者様だし覚えやすいから『救急の日』にした、という適当さが私たちらしい。秋奈にはムードがないと言われそうだけれど。

結婚指輪もきちんとペアでオーダーしたので、仕上がりを楽しみに待っているところだ。あのぶかぶかの指輪も、もちろん大切に保管している。

夫婦になった日から夏くんのマンションで一緒に暮らし始め、あっという間に十日が過ぎた。

毎日彼と食事をし、寄り添って眠って朝を迎えられる幸せを噛みしめている。退院してもうすぐ一カ月が経つので、来週から仕事にも復帰する予定だ。

まだ涼しさはあまり感じられない九月後半の夜、私は帰宅した夏くんとバルコニーに出ている。

このバルコニーも、とっても綺麗な夜景が眺められるのにほとんど使われていなかったので、結婚してから小さなテーブルセットを置いてみた。そこに座って軽く晩酌しながら、会社でのことについて話している。

「大きな手術して休んでた上に急に結婚までしたから、皆どうしてそうなった⁉状態で驚くんだろうな」

「慎太が余計なこととしゃべらないといいんだけど。俺がずっと勘違いしてて告白できなかったまぬけだとか、天乃がいないと私生活終わってるとか」

「言いそう」

煙たそうな顔をする夏くんの言う通り、親友を弄る慎ちゃんの姿が簡単に想像できて笑えた。けれど、彼は誰かを嫌な気持ちにさせるようなことをする人ではないと、夏くんもわかっているはず。

「なんて、慎ちゃんもすごく祝福してくれてるから、きっとけなすようなこと言わないよ。慎ちゃんこそ、早く秋奈に告白しなよって感じだし」

「秋奈に告、白……秋奈⁉」

ギョッとして繰り返す彼にまた笑ってしまった。色恋沙汰には鈍感な夏くん、やっぱりふたりの両片想いには気づいていなかったらしい。

まあ、ふたりともこれまでに付き合った人は何人かいたから、気づかなくても無理はない。私もはっきり打ち明けられたわけじゃなかったのだから、つい数日前まで。

先日秋奈がここへ遊びに来た時に、私の病気の一件があってから、いつなにが起きるかわからないから、想いは伝えていかなきゃいけないと感じたと話してくれたのだ。

それを夏くんに教えると、思い当たることがあったようで目線を宙にさまよわせる。

「そういえばこの前、慎太が同じようなことしみじみと言ってたな。あれは秋奈に告白しようっていう意気込みみたいなもんなのか」

「そうなんだ⁉ じゃあ、カップル成立するのも時間の問題じゃん！」

慎ちゃんも想いを伝えようとしているとわかって興奮してしまう。夏くんは腰を上げて手すりに手をかけ、驚きのため息を漏らした。

「なんだ、あいつらも両想いだったのか。慎太はいいやつだから、俺も安心して秋奈を任せられるな」

「うん。これからはダブルデートになりそうだね」

私も彼の隣に近寄り、同じように手をかけて夜景を眺める。

関係が変わっても四人で集まって楽しめたらいいなと口元を緩めていると、ふと視線を感じて彼を見上げた。

「俺はもっと天乃とふたりきりでデートしたい」

甘さを含んだ瞳と視線が絡まり、可愛らしいひと言にもキュンとする。もちろん私も同じ気持ちなので、「これからたくさんしよう」と言って微笑んだ。

病気がよくなって、夏くんのお嫁さんになる夢まで叶えられたらもう満足だと思っていたのだが、人というのは貪欲な生き物だとつくづく思う。

「やりたいことを挙げだしたらキリがないね。簡単でいいから結婚式もしたいし、新婚旅行も行きたいし、あと……」

気になっていたことを思い出し、ぱっと夏くんのほうを振り仰ぐ。

「私、赤ちゃん産めるかな？　いつか夏くんとの赤ちゃんが欲しい」

あけっぴろげに言うと、彼は目を丸くした。

私の家族は仲がいいおかげで、自分も同じように幸せな家族を作りたいという願望が、結婚してからより強くなってきている。ただ、一応脳の手術をしているわけだし、腫瘍はなくなってもなにか制限があるんじゃないかと懸念して聞いてみた。

夏くんはふっと魅惑的な笑みを浮かべ、私の髪にするりと指を通す。

「妊娠も出産も問題ないよ。もちろん、セックスもね」

赤裸々な単語が飛び出して、心臓が大きく跳ねた。

一緒に暮らし始めてから毎日同じベッドでくっついて眠っているものの、術後だからということで夏くんが気を遣って行為は避けてくれている。でも本音を言えば、あの一夜みたいに全身で彼の愛を感じたい。

顔が赤くなるのを自覚しつつ、ためらいがちに口を開く。

「……もう、していいのかな」

「手術から一カ月経ってるし、体調もいいなら大丈夫。ていうか、俺がもう我慢できそうにない」

髪を弄っていた手が腰に移り、ぐっと抱き寄せられる。彼の声は落ち着いているのに、見つめ合う瞳は欲情が露わになっていて、私の心拍数がみるみる上がっていく。

「抱いていい？　天乃が足りなくて困ってるんだ」

その誘いは断るつもりなどない。むしろ嬉しくて、ドキドキしながら頷いた。

手を繋いで寝室に移動し、濃厚なキスをしながらベッドへなだれ込む。

あの夜以来の、獣のような目をした彼に組み敷かれ、待ちきれないといった様子で服を乱されていく。普段は優しい彼に、ベッドでは征服されているようで興奮してしまう。

「天乃はどこを食べても柔らかくて甘いな」

「あぅ……っ、そ、んな」

胸の頂にある実を口に含み、舌で転がして味わわれ、悦に入った表情をされるだけでどうにかなりそうだ。

どうしてこんなに気持ちいいんだろう。触られていない部分もなぜか疼いて、蜜が溢れ出すのがわかる。

身体をくねらせてただ喘いでいると、ふいに夏くんは顔を上げて問いかける。

「あの日、具合は悪くならなかったのか？　無理させたんじゃないかって、病気がわかってから後悔してたんだ」

「あ……ごめん！　気にしないでね、私がそうしたいって望んだんだから。体調も大丈夫だったし」

慌てて謝った私は、初めて抱かれたあの夜を思い返して頬を染める。

「むしろ、その、すごく気持ちよくて……。これが人生最期の瞬間でもいいって本気で思うくらい、幸せだった」

口元に手の甲を当て、照れながらも本音を伝えた。夏くんも幸せそうに表情をほころばせて「あー、ほんと可愛い」とひとりごち、絡めた手を持ち上げてキスをする。

「そんな風に言ってくれて嬉しいけど、あの時は俺も余裕なかったからね。今日はじっくり愛して、もっと気持ちよくさせてあげる」

甘くちょっぴり危険な期待が膨らむような言葉に、ますます身体も心も高揚する。

ああもう、好きすぎて苦しい。

愛しい旦那様はどこか挑発的な瞳を向けたのもつかの間、私の脚を広げて顔をうずめる。舌を這わすと同時に濡れそぼった中心部に指を沈められ、あまりの快感にか細い悲鳴にも似た声をあげた。

中も外もめちゃくちゃに愛撫されて、おかしくなりそうだけれどやめてほしくない、矛盾した気持ちに振り回される。

押し寄せる波に抗えなくなった瞬間、背中が浮くような感覚を覚え、自分の意思とは関係なく身体が震えた。肩で息をしながら脱力して、初めての体験に恍惚《こうこつ》とする。

「あ……はぁ、すごい……本当にどうにかなっちゃうかと思った」

「わかった？　極上の気持ちよさがあるってこと」

恥ずかしくなりつつもこくこくと頷くと、夏くんは満足げに口角を上げて避妊具の封を開ける。

「今度は一緒に、ね」

セクシーな微笑みと声音でそう紡いだ彼は、熱く滾《たぎ》った自身を私に押し当て、中にゆっくりゆっくり入ってきた。

まださっきの余韻が抜けていなくて、びりびりと痺れるような快感が全身に走る。

夏くんが動くたびにそれは強くなり、甘い声が抑えられない。彼の吐息もやや苦しげに変わっていく。

「は……っ、天乃、愛してるよ」

「うんっ……ずっと、一緒にいて」

愛を囁き合い、何度もキスを求め合う。こんな行為も、もう二度とできないと思っていた。

自分の一番深い場所で彼を感じ、泣きたくなるほどの幸福感に包まれて、今こうしていられることに心から感謝した。

――それから約半年が経ち、蕾が膨らんできた桜並木を見下ろせるオフィスで、私は以前と変わらず営業のサポートをしている。

デスクに座っている部長に頼まれていた資料を渡すと、彼は「ありがとう」と受け取り、晴れ晴れとした笑顔で私を見上げる。

「清華さんが提案したケトン食、商品化の話が進んでるよ。施設でも結構需要があるらしい」

「本当ですか？　ありがとうございます！」

いいニュースに、私はぱっと表情を明るくしてお礼を言った。

ケトン食というのは、糖質を控えて脂肪を増やす食事のこと。治療困難な脳腫瘍でも、患者がこの食事を続けることでがんの増殖を抑えられることが報告されているのだと後々知った。

ケトン食を作るのはなかなか手間がかかるので、商品化すれば助かる人がたくさんいるのではないか。部長を通してそう提案したら、開発部も乗り気になってくれたらしい。

「君もチームの一員になって協力してもらうことになるだろうから、今後ともよろしくな」

「はい。よろしくお願いします」

どこか誇らしげにする部長に、私は姿勢を正して頭を下げた。

自分が提案したものが認められたのもそうだけれど、誰かのためになるものを作れるって嬉しいな。夏くんに報告したら、彼も喜んでくれるかも。

早く会いたいなとほくほくしながらデスクに戻ろうとすると、話を聞いていたらしい慎ちゃんが話しかけてくる。

「やるねぇ、天乃。もはや営業から開発に移ったほうがいいんじゃねーの?」

「それもアリだけど、やっぱりお客さんと直接話したいかな。経験談も交えれば説得力上がりそうだし」

「その考え方は確かに営業向きだわ」

いたずらっぽく笑ってみせる私に、慎ちゃんは納得したように頷いた。

今も慎ちゃんのサポートをして一緒に得意先を回っていて、それが楽しいから営業をやめられないのもあるのよね。なんて思いながら、ふと窓の向こうに目をやる。

「桜、もうすぐ咲きそうだね。今年も皆でお花見しよっか。あ、秋奈とふたりがいい?」

どんな反応をするか、面白がって冷やかしてみた。しかし慎ちゃんは首に手を当て、意外にもうっすら頬を染める。

「……だな。ふたりで花見ってしたことないし」

素直にそう返されて、私はだらしなく口元を緩めた。

あれから慎ちゃんがひと足先に告白したようで、めでたく恋人同士になったふたり。交際も順調で早数カ月が経つが、とっても初々《ういうい》しくてキュンとする。

にんまりして見ていると、慎ちゃんは赤くなった顔をむすっとさせて噛みついてくる。

「ニヤニヤすんな！　お前らだってそうだろ」

「ははは、そうでした」

確かに、私たちも両想いになってから初めての春だ。四人もいいけれど、どちらかといえば夫婦水入らずでお花見したい。

「じゃあ、今年は別々にデートするってことで。いつまでふたりで行けるかわかんないしね」

夫婦になってそれなりに愛し合っているのだから、いつ子供ができてもおかしくない。ふたりでいるうちに、たくさん甘えておかないと。

そういう意味で言ったのだが、慎ちゃんはなにか勘違いしたらしい。「お前、またどっか悪いんじゃないだろな……⁉」と顔を強張らせるので、私は大笑いして誤解を解くのだった。


その日の夜、夏くんと夕飯を食べながらケトン食の商品化の話をした。

私が洗い物を始めると、夏くんは綺麗に空にした食器をシンクに運んでくる。

「ケトン食って一般的じゃないから、なかなか商品は売ってないもんな。やりたいっていう患者さんはよくいるし、そういう人にとっては助かると思う」

「でしょ。でもデメリットもあるんだよね？　そのへんもよく考えないと」

ケトン食をずっと続けていると、元気がなくなったり低血糖や下痢、便秘などの悪影響を及ぼす可能性もあるという。そういう問題も踏まえた上で計画していかないと、本末転倒になってしまう。

難しい顔をして食器を洗う私に、夏くんは感心するように微笑みかける。

「しっかりしてるな。本当にえらいよ、天乃は。あと可愛い」

さらっと褒め殺してくるので、ちょっぴり恥ずかしくなるも、「可愛いは関係ないけど嬉しい」と笑った。

彼は甘えるように背後から手を回してくっついてくる。こういう夏くんのほうが可愛くないか、と母性本能をくすぐられていると、耳元で穏やかな声が囁く。

「そろそろ欲しいな、俺たちの赤ちゃん」

唐突に口にされた願望にドキッとした。私も考えていたからもちろん賛成なのだけれど、彼は少々ためらう素振りを見せる。

「いや、でもまだふたりでいたい気持ちもある……」

「ふふ、そうだね。自然に任せる感じにしよっか」

私も同じく、すぐに欲しいというわけでもないので、〝できたらいいな〟くらいの気持ちでいよう。

夏くんは幸せそうな顔で私を抱きしめ続ける。

「もし子供ができたら、俺もできる限り協力するから心配するなよ」

「ありがとう。夏くん、ちゃんと家事するようになったもんね。カレーや焼きそばも作れるようになったし、ますます頼もしい」

「ん。天乃の旦那として恥ずかしくない男になる」

そんな宣言も可愛くてクスクス笑う私に、彼が唇を寄せる。頬に、唇にキスをして、スイッチが入ってしまった私は、洗い物を中断して彼の首に抱きついた。

あなたは最高の旦那様だよ。そして私も、最高に幸せな妻だと胸を張れる。

キッチンで、そして寝室で愛し合いながら、いつものようにそう感じていた。


夜勤明けだったこともあり、ベッドで早々と眠りに落ちた夏くんの寝顔を眺めていた私は、やろうと決めていたことを思い出してベッドを抜け出した。

窓際の椅子に座り、小さなテーブルの上で厚めのノートを開く。いつもはスマホで闘病生活についてブログを書いているのだが、これはまた別の個人的な日記帳だ。

脳腫瘍がわかった時、無知だった私はあらゆるサイトから情報を集めて知識を増やした。同じように考える人のために、私も自分の経験談をブログで発信しようと思い、初期症状から術後に至るまで日々少しずつアップしている。

特に私の脳腫瘍は稀《まれ》なものだったから、夏くんも言っていたように病気の存在や経過を知らせたいという気持ちもある。こういう場合もあるのだと情報提供をして、少しでも困っている人の助けになれば嬉しい。

そして新たに書こうとしているこの日記は、自分自身のため。この先もなにがあるかわからないから、どういうことがあってその時どう感じていたのかを、いつでも見られるように残しておきたい。

夏くんと出会った頃を思い返し、まっさらなページに【あなたと出会ったのは、私がまだ制服を着ている頃だった】と書いてみた。懐かしい記憶が残っていることに安堵しながら、頭に浮かんだ想いをそのまま文章にしてペンを走らせる。

【あの頃から今もずっと、私はあなたのことが大好きです】

感謝してもしきれない、最愛の旦那様への言葉を綴《つづ》り、ぱたんと日記帳を閉じた。

これから彼との思い出も、少しずつここに記していこう。

日記帳をチェストの引き出しの奥にしまい、再び彼の隣に潜り込む。「ん……あまの……」と寝言を呟いて私に腕を回してくる彼が愛しくて、ふふっと笑みをこぼして胸にくっついた。

一日の終わりにあなたの顔が見られるだけで、今日も生きていてよかったと思える。

明日もどうか、ふたりで笑っていられますように。

ありきたりで贅沢な願いを抱き、幸せに包まれて瞳を閉じた。

End

特別書き下ろし番外編

ラブレターを見るまで、あと××年

この日記を読んでいるあなたは、今何歳になっているんだろう。

孫ができて、可愛いおじいちゃんになっているかな。

ページをめくって幸せな気持ちになってくれていたら嬉しいです。

これはまだ若い私から今のあなたに向けた、心からのラブレターだから。

＊　＊　＊

結婚して五回目の春。桜が咲き始めたその日、頭痛を堪えるように額を押さえる私は、真剣な表情で目の前のドクターに問いかける。

「先生、検査の結果はどうだったんでしょうか……？」

聴診器を首にかけた彼は、私のＭＲＩ画像を見て無情なひと言を告げる。

「ダメれすね」

「え」

こちらを向いた小さなお医者様は、私の腕をぐっと掴んで水色の注射器を押し当ててくる。

「ダメれす。おちゅーしゃします！」

「あぁ～！」

ぶすりと刺されて大袈裟に痛がるフリをする私に、可愛い可愛い息子がけらけらと笑った。

三歳になった陽《よう》は、現在お医者さんごっこブームが到来中。おもちゃの医療キットと数年前の私のMRI画像のコピーを持たせてみたら、ノリノリでドクターになりきっている。

ちなみに私の腫瘍は、あれから約五年半が経った今も再発はしていない。こうして可愛い天使も授かり、幸せすぎる毎日を過ごしている。

うららかな日曜の昼下がり、リビングでのんびり遊んでいる私たちのもとへ、「楽しそうだな」と言いながら本物のお医者様であるパパがやってきた。

彼はあぐらをかくと小さな身体を抱き上げて自分の膝に座らせ、微笑ましげな眼差しを向ける。

「陽、注射はこう持って打つんだよ。あ、その前に打つところ消毒しないと」

ティーは求めていない。

「お医者さんごっこが本格的すぎるよ」

思わず笑いながらツッコんでしまった。お医者さんごっこにそこまでのクオリティーは求めていない。

夏くんはとても子煩悩で、友達みたいに仲よく息子と遊んでくれる。生まれた時からお風呂に入れるのは彼の日課になっているし、陽もパパのことが大好きだ。

そして私も。忙しいにもかかわらず家族サービスを忘れず、いまだに私を可愛いと言ってくれる彼を心底愛している。

陽がパパの注射の打ち方を真似していると、ふたりのそばにクリーム色の毛並みの猫が短い足でちょこちょこと寄ってくる。この子は昨年わが家に仲間入りしたもうひとりの家族、マンチカンのわらびだ。

見た目がきなこをかけたわらび餅のようだったからわらびと命名した。お義父さんとまったく同じ名付け方なのは言わずもがな。

昔からペットを飼うのが夢でもあって、子育てに余裕ができた今、なにげなくペットショップを見に行ったらひと目惚れしてしまった。陽もすごく気に入っていたし、命の大切さも学んでほしかったから飼うことに決めたのだ。

夏くんがわらびを優しく撫でていると、真っ白でもふもふなお腹を見せてくる。陽は「いたいとこないれすかー」と言いながら、そのお腹におもちゃの聴診器をぽふっと当てた。

めちゃくちゃ可愛くてほっこりする。陽とわらびは私たちの癒やしだ。

ただ、わらびを優しく撫でる夏くんを見ていると、妙な気分になってくる。

私も撫で回してもらいたいな……と思ってしまうなんて、欲求不満なんだろうか。

子供が生まれてから、どうしてもいちゃいちゃする時間が少なくなっているし。

「わらびが羨ましい……」

ぼそっと心の声を呟くと、夏くんはキョトンとする。

「自由気ままだから？」

「ううん。そうじゃなくて、いっぱいかまってもらえていいなって」

あ、ぼんやりしていたら正直に言いすぎた。

夏くんは案の定ピンときた様子で、いたずらっぽく口角を上げる。

「ああ、こうやって弄ってほしいんだ？　天乃の、いろんなところ」

わらびの顎を撫でる手つきも、声もなんだか色っぽくて恥ずかしくなってくる。その通りなのだけれど。

夏くんはクスッと笑い、陽を膝から下ろして「おいで」と私を呼ぶ。従順にそちらへにじり寄ると、彼は足の間に私を挟むようにして、背後からしっかりと包み込んだ。

そして、耳元で官能的に囁く。

「今夜は天乃が猫になる？　それとも、大人のお医者さんごっこでもしようか」

妖《あや》しく甘い予告にドキッとすると同時に、穏やかな笑いがこぼれる。

「どっちでもいいかな。目いっぱい愛してもらえるなら」

早くも身体の奥がほんのり熱を帯びてくるのを感じながら、彼を振り仰いでそう返した。

夏くんも愛しそうに口元をほころばせ、「わかった。期待していて」と言って髪にキスをする。陽はこんな私たちにはちっとも気づかず、わらびと楽しそうにじゃれ合っていた。

翌週の日曜日、秋奈たちと一緒にお花見をすることになった。

ここ数年は家族三人でやっていたのだが、今年は久々に皆でわいわいやれるので楽しみだ。お弁当も作ろうと思い、準備も張り切った。

ところが、お花見当日となった今日、わが家にやってきた秋奈がどんよりとした顔で窓の外を眺めている。

「なんで雨降るかなぁ〜。せっかく皆の都合が合って、桜もちょうど見頃なのに」

そう、タイミング悪く朝から雨がしとしと降っているので、予定を変更してわが家に集まることにしたのだ。秋奈が恨めしげにぼやくのも無理はない。

彼女の隣に立つ慎ちゃんは、決まりが悪そうな顔で呟く。

「俺のせいかも」

「そうだ、慎ちゃん雨男だった……」

「秋奈は自称晴女だろ。もっと頑張ってくれよ」

「私のせいにするな」

言い合うふたりは昔から変わらない。四人でなにかする時に雨が降るとたいてい慎ちゃんが弄られて、晴れると秋奈が得意げになっていた。

でも関係はすっかり変わって、ふたりも今や夫婦だ。夏くんと慎ちゃんも一応親族になったわけで、なんだか不思議な気分だがそれ以上に嬉しい。ふた組の家族ができ上がるなんて、数年前は想像もしなかったな。

夏くんは呆れ顔で「不毛な争いはやめなさい」と慎ちゃん夫妻を諭し、おぼつかない足取りで転びそうになった小さな身体をひょいっと抱き上げる。

「こういう時は家でまったりしてればいいよ。なあ、美桜《みお》」

夏くんに抱き上げられた彼女はにっこり笑って、意味はわかっていないだろうに「うん」と頷いた。

一歳になって間もない美桜ちゃんは秋奈たちの愛娘だ。女の子も本当に可愛くて、会うと夏くん共々メロメロになってしまう。

陽はふたりを見上げ、とってもマイペースに「みおちゃん、おいしゃしゃんごっこしよー」と誘っている。早々と聴診器を首にかけている姿に、秋奈たちもおかしそうに笑った。

「医者の卵がこんなところに。まあ、子供たち遊ばせておくのは室内がラクよね」

「ね。ゆっくりご飯食べて、午後は晴れる予報だから雨やんだら外出てみよっか」

雨なのはわかっていたけれど、せっかくなので重箱におかずを詰めてみた。秋奈も料理を持ち寄ってくれたから、ここでのんびり食べて、後で少し散歩できればいいな。

なんて考えながら、リビングのローテーブルに重箱を運ぶ。夏くんはいつの間にか美桜ちゃんを慎ちゃんに預けていて、陽と一緒に料理をじっと見つめて物欲しげに呟く。

「……天乃が作ったお花見弁当、早く食べたい」

「あ！　私も私もー」

「何人子供がいるんだ、ここには」

娘を抱っこした慎ちゃんが呆れ気味に芹澤兄妹にツッコミを入れ、私も笑ってしまった。

家事も手伝ってくれて本当によき旦那様になった夏くんだけれど、基本はのほほんとしているし時々子供みたいな一面も見せる。私を救ってくれた敏腕なお医者様の顔とのギャップに、今でも母性本能をくすぐられてばかりだ。

そうしてソファで丸くなるわらびに見守られながら、思い思いに料理を取り分けて食べ始めた。

話す内容はやっぱり子供関係のことが多くて、私たちもすっかり親になったんだなと思う。友達が家族になるというのは抵抗がある人もいるだろうが、私たちの場合はなんでも相談し合えるし、困った時も助け合えるからかなり心強い。

あれこれ話しているとあっという間に時間が過ぎ、午後一時を回ろうとしていた。

ここで、子供たちのために用意していたお楽しみタイムにする。

「それではこのへんで、宝探しゲームを始めまーす！」

「えー⁉　なにそのおもてなし！」

おもちゃで遊んでいた子供たちはキョトンとしているものの、秋奈はテンション高めな声をあげた。

実はお花見できない代わりに、陽にも内緒で、夏くんと部屋のあちこちにお菓子や小さめのおもちゃを隠しておいたのだ。

それを説明し「よーいドン！」とかけ声をかけると、陽はさっそくお宝を探しに他の部屋へ。まだそんなに歩けない美桜ちゃんにはリビングにわかりやすく隠してある。慎ひとつ見つけるたびに嬉しそうな声があがって、大人の私たちも笑顔になる。慎ちゃんも満たされた表情で「美桜のためにありがとな」と、私たちに向かってお礼を言った。

私は夏くんと一緒に、幸せそうな親子三人を見守りながらこそっと話をする。

「皆を楽しませようっていう天乃の発想は本当に面白いよ。いろいろ考えてくれてありがとう」

「全然たいしたことしてないけどね。夏くんこそ、隠すの手伝ってくれてありがと」

作戦が成功して微笑み合っていた、その時。

突然、寝室のほうからガターン！となにかが落ちた大きな音と「わぁー！」という陽の声が聞こえてきた。ついでに「にゃあぁぁ～っ」というわらびの鳴き声も。

宝探しをしている最中になにかあったのだろうと、私と夏くんは慌ててそちらへ向かう。勢いよく寝室を覗くと収納ボックスが床に落ちていて、ぺたんと座った陽の周りに中身が散乱していた。

「陽、何事⁉」

「おたからさがしてたら、わらびがドーンって」

身振り手振りで説明する陽。どうやら、陽が収納ボックスを探していたところにわらびが乗ってきて、派手にひっくり返してしまったらしい。

私は夏くんと顔を見合わせてぷっと噴き出した。

「そっかそっか。よかった、足の上に落ちたりしなくて」

「お前も交ざりたくなっちゃったのか」

夏くんがわらびを抱き上げると、心なしか決まりが悪そうに「ナァ〜」と弱い声で鳴いていた。

秋奈たちも「なんか騒がしいけど大丈夫ー？」と顔を覗かせる。笑って返し、陽と一緒に片づけを始めようとすると、夏くんがなにかに気づいてしゃがみ込む。

「ん？　見たことないノートがある」

そう言って彼がノートを手に取った一瞬、ちょうど開いていたページに【あの頃から今もずっと、私はあなたのことが大好きです】と書いてあるのが見えた。はっとした私は、思わず「あっ！」と声をあげる。

彼の手からさっと取り上げたものの、時すでに遅し。

「……その言葉の相手は、俺？」

夏くんが目を丸くして問いかけてきて、私は日記を見られた恥ずかしさでじわじわと顔に熱が集まる。俯きがちに「他にいるわけないよ」と呟くと、彼の表情がとても優しいものになった。

甘酸っぱい空気になってしまったので、私は慎ちゃんに陽を見ていてほしいとお願いする。快く了承してくれた彼と陽が寝室を出ていった後、静かにドアを閉めて日記について明かす。

「これ、日記なの。今後も自分の身になにが起こるかわからないから、その時の気持ちや出来事を残しておきたいと思って。病気してからずっと書いてたんだ」

ノートはもう三冊目になっていて、最近は書く頻度が減っているけれど、忘れたくないことがあった日には書いている。陽の成長記録にもなっているし、大きくなった彼がこれを見たら、自分が愛されて育ったということがきっとわかるだろう。

「もし私になにかあったら、陽と一緒に見て。と言っても、これは陽が生まれる前のものだから、夏くんへの想いがほとんどだけど」

私がまた病気になって自分の口で言葉を伝えられなくなったり、意思の疎通ができなくなったりしたら、これを読んで私の想いを感じ取ってほしい。いつか伝えておくつもりだったけれど、まさか今言うことになるとは思わなかったので照れ笑いした。

夏くんはこの日記の意味を理解してくれたらしく、わずかに切なさが混じる優しい笑みを浮かべる。

「じゃあ、それを見られるのはきっと老後だな。数十年後の、俺へのラブレターだ」

その言い方に胸をキュンとさせて、「そうだね」と頷いた。私も、数十年後まで健康に生きていられることを祈る。

夏くんは当たり前のように私を引き寄せ、ぎゅっと抱きしめる。

「俺は文章書くの苦手だから、これからも毎日伝え続けるよ。こっそり想いをしためてるような、可愛い天乃が大好きだって」

「なんか恥ずかしいんだけど。……でも、ありがとう。私も大好き」

口で伝えられるうちは、こうやって惜しまず何度も伝えよう。

見つめ合うと、どちらからともなく唇を寄せる。隣の部屋に秋奈たちがいるのにキスをするのは、ちょっぴり背徳感があってドキドキしてしまった。

その時、窓の向こうが明るくなってきたので目をやると、雲の隙間から青空が覗き始めている。リビングのほうから「はれてきたー！」という可愛い声が聞こえてきて、私たちは笑って早急に散らばったものを片づけた。

少ししてから皆で外に出てみると、雨上がりの独特な匂いが鼻をかすめる。桜がしっとりと濡れていて、これはこれで風情がある。

「あっ、にじ！」

手を繋ぐ陽が指差したほうに、うっすらと七色の橋が見える。雫が輝く桜と、遠くにかかる虹の美しい景色に、皆が感嘆の声をあげた。

そばには大好きな人たちの笑顔が咲いている。これが幸せというものなんだろうなと、なんとなく思う。

忘れたくない愛しい景色が、私の中でまたひとつ増えた。

End

あとがき

本作をお読みくださった皆様、ありがとうございます！　葉月りゅうです。

余命宣告されたヒロインを医者ヒーローが救うというテーマに初めて挑んでみましたが、いかがだったでしょうか。

まず、余命宣告を受けても生き延びることのできる病気ってなんだろう、というところから調べましたが、脳腫瘍は良性と悪性とでは予後がまったく違って驚きました。天乃のように、症例がほとんどないものも少なからずあるそうです。

闘病されている方や、そのご家族のブログもたくさん拝見しました。悪性脳腫瘍は急激に症状が悪化し、できることが徐々に奪われ、人格をも変えてしまう恐ろしい病です。つらさが痛いほど伝わってきて、泣きながら読んでいました。

自分が今こうして健康に生きていられることに感謝しきりです。そして、なるべく後悔が少なくなるように日々生きていきたいと強く思わされました。

そんなシリアスなお話の中で、お気に入りだったのは柏のじっちゃんです。私事ですが、去年はいろんな病院に行く機会が多く、お医者さんは優しさで溢れていてほしい！と切実に感じることがあったので、理想のお医者様像（？）を投影したのでした。

ちなみに、ちょろっと登場する明神先生夫妻は『前略、結婚してください～過保護な外科医にいきなりお嫁入り～』のヒーロー&ヒロインです。こちらは同じ白藍総合病院を舞台にした、表情筋が死んでる心臓外科医ヒーロー（笑）のお話です。コミック版もありますので、ご興味がありましたらぜひどうぞ。

最後になりますが、今作も原稿を読むのを楽しみにしてくださっていた担当様、制作に携わってくださった皆様、ご尽力いただき感謝しております。

カトーナオ先生、とびきり美しいイラストを描いてくださりありがとうございました！　儚さもありつつ甘さもしっかり感じるふたり、ずっと眺めていられます。

そしてここまでお読みくださった読者様、こうして大好きな執筆を続けていられるのは、健康な身体と皆様のおかげに他なりません。本当にありがとうございます！

またいつか別の作品でお会いできることを願っております。

葉月《はづき》りゅう

葉月りゅう先生への
ファンレターのあて先

〒104-0031
東京都中央区京橋1-3-1
八重洲口大栄ビル7F
スターツ出版株式会社　書籍編集部　気付

葉月りゅう先生

本書へのご意見をお聞かせください

お買い上げいただき、ありがとうございます。
今後の編集の参考にさせていただきますので、
アンケートにお答えいただければ幸いです。

下記URLまたは二次元コードから
アンケートページへお入りください。
https://www.berrys-cafe.jp/static/etc/bb

余命1年半。かりそめ花嫁はじめます
～初恋の天才外科医に救われて世界一の愛され妻になるまで～

2024年4月10日　初版第1刷発行

著　者　葉月りゅう

発行人　菊地修一
デザイン　hive & co.,ltd.
校　正　株式会社文字工房燦光
発行所　スターツ出版株式会社
〒104-0031
東京都中央区京橋1-3-1　八重洲口大栄ビル7F
TEL　03-6202-0386（出版マーケティンググループ）
TEL　050-5538-5679（書店様向けご注文専用ダイヤル）
URL　https://starts-pub.jp/
印刷所　大日本印刷株式会社

Printed in Japan

ISBN 978-4-8137-1566-5　C0193

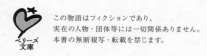

ベリーズ文庫 2024年4月発売

『もう恋はしないはずが―凄腕パイロットの激愛は拒めない【ドクターヘリシリーズ】』 佐倉伊織《さくらいおり》・著

ドクターヘリの運航管理士として働く真白。そこへ、2年前に真白から別れを告げた元恋人・篤人がパイロットとして着任。彼の幸せのために身を引いたのに、真白が独り身と知った篤人は甘く強引に距離を縮めてくる。「全部忘れて、俺だけ見てろ」空白の時間を取り戻すような溺愛猛攻に彼への想いを隠し切れず…。

ISBN 978-4-8137-1565-8／定価748円（本体680円＋税10%）

『余命1年半、かりそめ花嫁はじめます～初恋の天才外科医に救われて世界一の愛され妻になるまで～』 葉月《はづき》りゅう・著

OLの天乃は長年エリート外科医・夏生に片思い中。ある日病が発覚し、余命宣告された天乃は残された時間は夏生のそばにいたいと、結婚攻撃に困っていた彼の偽装婚約者となる。それなのに溺愛たっぷりな夏生。そんな時病気のことがばれてしまい…。「君の未来は俺が作ってやる」夏生の純愛が奇跡を起こす…！

ISBN 978-4-8137-1566-5／定価737円（本体670円＋税10%）

『愛しているから、結婚はお断りします～エリート御曹司は薄幸令嬢への一途愛を諦めない～』 高田《たかだ》ちさき・著

社長令嬢だった柚花は、父親亡き後叔父の策略にはまり、貧しい暮らしをしていた。ある日叔父から強制された見合いに行くと、現れたのはかつての恋人・公士。しかも、彼は大会社の御曹司になっていて⁉　身を引いたはずが、一途な愛に絆されて…。「俺が欲しいのは君だけだ」――溺愛溢れる立場逆転ラブ！

ISBN 978-4-8137-1567-2／定価748円（本体680円＋税10%）

『政略婚姻前、冷徹エリート御曹司は秘めた溺愛を隠しきれない』 紅《くれない》カオル・著

父と愛人の間の子である明花は、継母と異母姉に冷遇されて育った。ある時、父の工務店を立て直すため政略結婚することに。相手は冷酷と噂される大企業の御曹司・貴俊。緊張していたが、新婚生活での彼は予想に反して甘く優しい。異母姉はふたりを引き裂こうと画策するが、貴俊は一途な愛で明花を守り抜き…。

ISBN 978-4-8137-1568-9／定価748円（本体680円＋税10%）

『捨てられ秘書だったのに、御曹司の妻になるなんて　この契約婚は溺愛の合図でした』 蓮美《はすみ》ちま・著

副社長秘書の凛は1週間前に振られたばかり。しかも元恋人は後輩と授かり婚をするという。浮気と結婚を同時に知り呆然とする凛。すると副社長の亮介はなぜか突然契約結婚の提案をしてきて…⁉　「絶対に逃がしたくない」――亮介の甘い溺愛に翻弄される凛。恋情秘めた彼の独占欲に抗うことはできなくて…。

ISBN 978-4-8137-1569-6／定価748円（本体680円＋税10%）

ベリーズ文庫 2024年5月発売予定

Now Printing

『こんなはずではなかったのだが……ー 女嫌いな天才脳外科医は真実の愛に目覚める』 滝井《たきい》みらん・著

真面目OLの優里は幼馴染のエリート外科医・玲人に長年片想い中。猛アタックするも、いつも冷たくあしらわれていた。ところある日、働きすぎで体調を壊した優里を心配し、彼が半ば強引に同居をスタートさせる。女嫌いで難攻不落のはずの玲人に「全部俺がもらうから」と昂る独占愛を刻まれていって…!?

ISBN 978-4-8137-1578-8／予価748円（本体680円＋税10%）

Now Printing

『タイトル未定（御曹司×かりそめ婚）』 惣領《そうりよう》莉沙《りさ》・著

会社員の美緒はある日、兄が「妹が結婚するまで結婚しない」と誓っていて、それに兄の恋人が悩んでいることを知る。ふたりに幸せになってほしい美緒はどうにかできないかと御曹司で学生時代から憧れの匠に相談したら「俺と結婚すればいい」と提案されて!?　かりそめ妻なのに匠は蕩けるほど甘く接してきて…。

ISBN 978-4-8137-1579-5／予価748円（本体680円＋税10%）

Now Printing

『～憧れの街べリが丘～恋愛小説コンテストシリーズ　第1弾』 未華《みはな》空央《そらお》・著

恋愛のトラウマなどで男性に苦手意識のある澪花。ある日たまたま訪れたホテルで御曹司・蓮斗と出会う。後日、澪花が金銭的に困っていることを知った彼は、契約妻にならないかと提案してきて!?　形だけの夫婦のはずが、甘い独占欲を剥き出しにする蓮斗に囲われていき…。溺愛を貫かれるシンデレラストーリー♡

ISBN 978-4-8137-1580-1／予価748円（本体680円＋税10%）

Now Printing

『さよならの夜に初めてを捧げたら御曹司の深愛に囚われました』 森野《もりの》りも・著

OLの未来は幼い頃に大手企業の御曹司・和輝に助けられ、以来兄のように慕っていた。大人な和輝に恋心を抱くも、ある日彼がお見合いをすると知る。未来は長年の片思いを終わらせようと決心。もう会うのはやめようとするも、突然、彼がお試し結婚生活を持ちかけてきて！未来の恋の行方は…!?

ISBN 978-4-8137-1581-8／予価748円（本体680円＋税10%）

Now Printing

『タイトル未定（ドクター×契約結婚）』 真彩《まあや》-mahya-・著

看護師の七海は晴れて憧れの天才外科医・圭吾が所属する循環器外科に異動が決定。学生時代に心が折れかけた七海を励ましてくれた外科医の圭吾と共に働けると喜んでいたのも束の間、彼は無慈悲な冷徹ドクターだった！　しかもひょんなことから契約結婚を持ち出され…。愛なき結婚から始まる溺甘ラブ！

ISBN 978-4-8137-1582-5／予価748円（本体680円＋税10%）

タイトル、価格等は変更になることがございますのでご了承ください。